大方
sight

乌金的牙齿

万玛才旦 著

中信出版集团 | 北京

图书在版编目（CIP）数据

乌金的牙齿 / 万玛才旦著. --北京：中信出版社，2019.6（2023.5 重印）

ISBN 978－7－5217－0299－6

Ⅰ. ①乌… Ⅱ. ①万… Ⅲ. ①短篇小说—小说集—中国—当代 Ⅳ. ①I247.7

中国版本图书馆 CIP 数据核字(2019)第 079839 号

乌金的牙齿

著　　者：万玛才旦

出版发行：中信出版集团股份有限公司

(北京市朝阳区东三环北路27号嘉铭中心　　邮编　100020)

承 印 者：浙江新华数码印务有限公司

开　　本：880 mm×1230 mm　1/32　印　　张：12.25　　字　　数：176 千字

版　　次：2019 年 6 月第 1 版　　印　　次：2023 年 5 月第 4 次印刷

书　　号：ISBN 978－7－5217－0299－6

定　　价：58.00 元

“我渴望以自己的方式讲述故乡的故事……
一个更真实的被风刮过的故乡。”

目录

contents

乌金的牙齿

乌金是我的小学同学，这一点很多人都知道。

乌金后来成了一位转世活佛，这一点很多人也知道。

但这些都不是主要的。主要的是乌金二十岁时就死了。后来我跟很多人讲乌金的死，他们都说对一位转世活佛，不能直接说“死了”，而要说“圆寂”了。但乌金和我是小时候的玩伴，是小学五年的同学，而且还是同桌。对于一个和我年龄相仿的人，突然死了之后，硬要说他圆寂了，那时候我实在是说不出口。但是大家都说你必须那样说。尤其是我的父母，坚决不让我说“死”。说那样说是对比你更有福报、更有智慧的人的大不敬。

听了父母的话，我就更加不愿意那样说了。说乌金比我更有福报，我现在倒是愿意承认了，因为他成了一位转世活佛之后，很多人都对他顶礼膜拜。有一次，父母也带着我去，硬是让我对他磕头。说实话，我是不大愿意对他磕头的。他也在人群中笑嘻嘻地说“你就免了吧”。但是父母就是不答应，硬要我对着他磕头。我正在犹豫时，父母还奚落我说，你以为你和活佛是小学同学就不用磕头了是吗？我拗不过父母，再说后面还有那么多人排着长队呢，就只好对着乌金磕了三个头。到真的磕头的时候，他也没有阻止我，只是笑眯眯地看着我。当时我还真的有点不高兴了呢。但后来又想，我都给他磕头了，那肯定是他比我更有福报了。要不为什么不是他给我磕头，而是我给他磕头呢。有些事就这样，你只能认了，没有什么太大的理由。

但是要说他比我有更大的智慧，我就一万个不愿意了。因为我和他是小学一到五年级的同学，他的情况我是再清楚不过了。从小学一年级开始上学到小学五年级毕业，我敢十分肯定地说，他的数学一次也没有及格过。从小学一年级开始的所有的数学作业，都是他抄我的。这样说你可能不相信。要是别人这样说我也肯定不会相信的。但确实就是这样，我可以以神圣的佛法僧三宝发誓。每次老师布置了数学作业，他唯一做的一件事情就是耐心地等着我做完。我没有做完之前，他也不去玩耍什么的。这一点我倒是很感激他。如果他一个人去玩耍了，我可能就心情不好，做不完作业。后来我好像想明白了，觉得他有时也聪明，要是我做不完作业，那他也就完不成作业了。他在抄我的数学作业时，倒是很认真。他也不要求我守在他身边。一般我一写完数学作业，就飞也似的冲出教室和其他同学玩耍。他抄写数学作业时很认真，甚至可以说一丝不苟。有时候，数学老师因为他把作业写得工工整整而表扬他。这时候，我心里会有一些隐隐的不高兴。但到了考试时，我就有点心有余而力不足了。因为我们的数学老师是个很严厉的老师，甚至可以说有点歇斯底里。考试时，如果看到有人在抄袭别人的卷子，就会把抄袭者和被抄袭者的卷子撕个稀巴烂，然后把两个人都划为零分。因此，学生们都不敢在考试时作弊。乌金胆子小，不敢那样做，我的胆子也小，也不敢让乌金那样做。我们的数学老师是个女的，三十多岁的样子。听说她离了婚，没有孩子。后来，听外面的人说，其实她的孩子是死了。学校的其他老师都说这是她这样歇斯底里的原因。总之，小学时期，乌金的数学是一次也没有及格过的。这些都是小时候的事了。

长大后，我继续上了初中和高中。高中之后，我也没有继续读下去，随便在一个小城镇找了一份工作，得过且过着。乌金读到小学毕业就没再继续读下去。他的父母只有他一个小孩，他们想把他留在他们身边。他也没有要求继续再读。我们那里的初中都要到县里去上，因此，小学之后我就去了县城。一次暑假，我回来问他为什么不继续上学。刚开始他说他父母不让上。我也信以为真了。后来他又主动说你真的想知道我为什么没有继续上学吗，我说我真的想知道。他说他害怕数学。我笑了，说我可以让你抄我的啊。他说从五年级开始，每当抄我的数学作业时，他就有一种罪恶感。他不想让那种罪恶感继续下去。那时我感到了他内心的一些真诚。

就在我高中毕业那一年，我们都十八岁了。就如前面说过的，我找到了一份工作，而他成了一位转世活佛。第二年夏天，有一次我回家时，他托人捎话让我去他的寺院。他的寺院离我们村庄很近。其实，这之前我们就见过面了，就是在他刚刚被认证为这个寺院的转世活佛之时。他被认证的活佛在我们这一带算是很大的活佛了，方圆几里的百姓都是他的信众。给他举行坐床仪式那天，来了很多人。几乎所有的人都拿着一些贡品，对他顶礼膜拜。也是在那一次，父母硬让我对他磕头的。

我拿了一些哈达之类的去他的寺院看他。一个僧人把我领进了他的卧房。我进去时他正端坐在那儿，他的周围放着一些经书等他经常用的东西。他示意让那个领我进来的僧人回去了。感受着房间里的那种气氛，我觉察到了我们之间的一些距离。我恭敬地给他献了哈达，正犹豫着要不要对他磕头之时，他挥手让我坐到他的旁边。他的脸上还保留着小时候的一些神情。看到那神情，我就觉得我们之间那种距离感一下子没有了。

他笑着说："上次你的父母让你对我磕头难为你了。"

我不知该怎么回答他，就说："所有的人都对你磕头，我也应该磕头。"

他看着我的样子说："现在没有别人，你就不要那样拘束了。”

听了他的话，我还是很拘束。

他就转移了话题：“你的数学那么好，为什么没有继续上大学啊？”

我没上大学的原因有很多，但我不想对他讲这些，就找了一些理由敷衍了他。

他说：“我也听说了一些，就是很可惜啊。”

我在他身边渐渐放松下来了，就像我们小时候那样。

他说：“你现在的状态就像我们小时候一样。”

回到以前的状态之后，我对他有点肆无忌惮起来，开玩笑似的问：“你对数学还是很恐惧吗？”

他摇了摇头，笑着说：“还是很害怕。”

我也笑了：“现在任何人也不会逼你做任何你不愿意做的事了，多好啊。”

他说：“也没有啊。现在我的经师已经开始让我学天文历算了，虽然也跟数字有关，虽然也要算来算去的，但我觉得没有我们小时候的那种数学难。”

我有点惊讶，说：“我听说那可是很高深的学问啊，比那些小学的数学可难多了。”

他像是谦虚似的说：“还好，还好。”

我不得不再次仔细地看他了："是不是你成了转世活佛之后，你的脑筋突然就开窍了？有个成语不是叫醍醐灌顶吗？"

他还是笑着说："可能那时候依赖你依赖成习惯了。"

我只有继续看着他了。

之后，他又问："听说有人证明了一加一等于三，这是为什么呢？"

我说："这是很高深的学问，只有那些数学天才才能证明出来。"

虽然我的数学从小学到高中毕业一直都很好，但对于这个问题，我也是一头雾水，就只好含糊其辞了。

他说："我只知道一加一等于二，二加二等于四，三加三等于六，四加四等于八，五加五等于十，六加六等于十二，七加七等于十四，八加八等于十六，九加九等于十八，十加十等于二十。"

我担心他会这样一直要加到一百加一百等于二百，但他加到十加十等于二十就停下了。

我庆幸地舒了一口气。

这时我又怀疑他是怎么学天文历算的，但还是说："你现在的算术算得很快啊。"

他在算那些数字时有点激动，这会儿好像平静下来了，说："我就是不明白为什么一加一等于三。"

乌金二十岁就死了，而我二十岁后还活着，我觉得有点茫然。如果用减法来算，今后我们之间的年龄差距就会越来越大了。对于乌金的去世，我知道我不能用"死"这个字来表述，但那时候我就是说不出"圆寂"这两个字，把这两个字用在一个跟我一起长大的伙伴的离开人世，我觉得很别扭。但这些都不是主要的，主要的是乌金已经死了，不能再活过来了。

我和乌金的最后一次见面是在那年的新年时。从新年的第一天开始，我们就都二十岁了。其实，在那个小城镇找到那份工作之后，我在方方面面都不是很顺利。我也听说我们村和其他村的人遇到一些不如意的事会去求乌金保佑。听说得到乌金的加持之后，很多人都变得顺利了。我不是很相信这些，但这两年我真的是很不顺利，就想着要不要趁着过年去让乌金加持加持我。

乌金被认证为转世活佛之后，村里流传着关于乌金出生时的各种殊胜奇异的事情，什么冬天果树开花呀，什么晴天有雷声传来呀，什么晴空万里出现七色彩虹呀，什么种种奇妙的解释不通的现象呀。这些我都不是很相信，但又不是完全不相信。因为我和乌金的特殊关系，后来一些人也向我打听乌金小时候有没有什么不一样的表现之类的问题。除了他每次数学考试不及格之外，我确实记不起他跟别人有什么不一样的地方。但是有一次，我突然记起了乌金小时候的一件事。从那件事上，至少可以证明他小时候是个很善良的孩子。那是小学三年级时，有一次我们去黄河边上玩耍。黄河边上有一块很大的奇异的石头，乌金喜欢上那里玩。传说莲花生大师当年引领黄河经过这里时天快黑了，就和他的两位妃子背靠着这块巨石休息了一个晚上。那块巨石上就留下了三个人的后背的印痕，两边的小，中间的大，老人们说中间的是莲花生大师的，两边的是两个妃子的。这块巨石在这一带被视为圣石，经常有很多人来朝拜。我们这一带的人大都信仰尊奉莲花生大师为祖师爷的藏传佛教宁玛派可能也和这个有关系。乌金的名字就是莲花生大师名字中的两个字。

那天没有什么朝圣者，我们尽情地玩了一个下午就回去了。回去的路上在一块沙地里我们突然看见一条鱼在活蹦乱跳着。我也没想这鱼怎么会在这儿，就说："好大的鱼啊，我们把它卖给那些修路的人吧，他们吃鱼。"

乌金跑过去把鱼捡起来说："不行，我要把它放回水里。"

我看见那条鱼在他手里使劲地动着，就说："唉，算了吧，再把它活着放回黄河里不可能了，太远了，路上就死掉了。"

乌金说："你先回家吧，我要把它放回水里。"

说完就拿着鱼跑了起来。我在他后面犹豫了一下，还是跟着他跑了。

路上，那鱼不动了，我就说："算了，别跑了，鱼已经死了。"

乌金不听我的话，还是拿着鱼向前跑，我也只好跟着跑。

到黄河边上时，我和乌金都喘得很厉害，几乎直不起腰来。

乌金轻轻把那条鱼放到了浅水处。那鱼漂在水面，像是死了。乌金屏住气看着那鱼。后来，那鱼在水里动了一下，又动了一下，然后就游起来，游向水深的地方了。

我把这件事讲出来时，那些人说这样的人物身上肯定有一些跟别人不一样的秉性。

因为关于乌金的各种传言和自己回忆起来的关于乌金的点点滴滴的事情，后来有时候我也觉得乌金身上有一些和别人不一样的地方了。所以在那年的大年初一，我特意准备了一条哈达和一些礼物，给乌金拜年去了。

见到乌金时还是和以前一样，他对我显得很亲切。但是我对他的感觉却有了一些变化，我觉得自己对他自然而然地产生了一些敬畏。

我恭敬地献上哈达等礼物之后，后退一步准备给他磕头了。

乌金笑着说：“咱俩之间就不用那么拘礼了。”说着让我到他旁边坐。

但我还是对着他磕了三个头。

他端坐在那儿看着我。

我说：“乌金，嗯，活佛，我这两年老是不顺，你要给我加持加持啊。”

乌金说：“你相信这些吗？”

我说：“我听别人说你很有加持力。”

乌金笑了，说："我的好伙伴，我肯定会给你好好加持的。"

说着他闭着眼睛念了很多经，然后又从他的佛龛里取出一些圣水让我喝，最后拿出一根红色的护身符说："把这个经常戴在身上吧。"

我对他感激了又感激，他一直说不要这样。

后来他突然说："你猜我前段时间看见谁了？"

我看着他说："我猜不到。"

他笑着说："猜猜吧，是个跟咱俩有关系的人。"

我摇着头说："我猜不到。"

他才说："前段时间咱们小学时的数学老师来这里了。"

我差点叫起来。自从小学毕业后，我几乎就没有见过那个数学老师了。

他继续说："她来求我给她加持。"

我说："她来求你？"

他说："是啊，她结婚了，生了个孩子。"

我说："她提了小时候的事吗？"

他说："她没提，我向她提起我小时候数学很差的情况，她都不让我提，说那是罪过。"

我不相信会这样。

他继续说："她对我磕了三个头，让我保佑她的孩子好好活下去。"

我说："你怎么说的？"

他说："我说我会经常为他们祈福。然后她就很感激地走了。"

我说："没想到她也会这样。"

他说："她好像没有太大变化，神情比以前安详多了。"

我说："可能那时候她也不容易。"

他又说："你猜我向她问了什么问题？"

我说："我猜不出来。"

他说："我问她为什么有人说一加一等于三。"

我说："她说什么？"

他说："她说她一个小学数学老师回答不了这么高深的问题。"

我又想起之前他问我这个问题时的情景。

他说："我以后一定要弄清楚为什么一加一等于三。"

新年之后，我听到的关于乌金的消息就是乌金死了。

现在，即使我能够接受对于乌金的死用"圆

寂”这两个字来表述，但这也不是主要的，主要的是乌金圆寂之后，寺院的僧侣和周围的信众要为乌金建造一座佛塔，这座佛塔里要装上乌金的牙齿。说来说去，建造佛塔这件事也不是主要的，对于一个资历很高的活佛来说，升天后他的信众要为他建造一座佛塔来纪念，也不过是一件再平常不过的事了。

最最主要的就是搜集到的准备装藏的乌金的牙齿有五十八颗。

对于一个平常的人来说，五十八颗牙齿显然是太多了。对于一个不太平常的人来说，五十八颗牙齿显然也是太多了。

说实话，之前我不是确切地知道一个人一般有多少颗牙齿。因此，我问一个老者：“人一般有多少颗牙齿？”

老者想了一会儿说：“可能有三十颗。”

我看他回答得不是很明确，就问另一个老者：“人一般有多少颗牙齿？”

老者不假思索地说：“三十二颗。”

听着老者坚定的语气，我觉得这个数字应该是准确的。

最后，为了确认这个数字的准确性，我去了一个网吧。

网吧管理员说："你需要登记身份证。"

我说："为什么要登记啊？"

他说："这是上面的规定。"

我说："我就查个东西，就几分钟，不登记不行吗？"

他说："我也没办法，这是上面的规定。"

我说："你这人真麻烦。"

他好像生气了，说："我就是个打工的，一个月就挣几百块钱，你干嘛跟我过不去呢。"

我看了看那些正在上网的人，就把身份证给了他。

他一边登记一边指着他正在登记的那个本子说："你看，这里所有上网的人都登记了，这是上面的规定。"

我没再搭理他，等着他把身份证还给我。

办完上网手续后，他问我："你要查什么？"

我没好气地说："我要查人一般有多少颗牙齿。"

他笑了，说："你连这个也不知道啊。"

我就说："那你说说人一般有多少颗牙齿？"

他想了一会儿，不好意思地说："你刚刚一说，我觉得自己应该知道这么个简单的常识，但是你真让我说出具体有多少颗，我还真说不上来了。是不是有二十几颗呀？"

我看着他笑了笑说："你还是自己好好数数吧。"

接着我就开始上网，我回头看时那个管理员好像正坐在那里把指头塞进嘴里数自己的牙齿。

我把"人一般有多少颗牙齿"输入了"百度知道"，一下子就出来了几百个网页。

我打开了其中的一个网页。那上面有很多人的回答和留言。

一个叫"北京美女牙医"的只留了一个数字：28。

一个叫"冬眠的木木"的回答是：28+4，不过有些人不长智齿。

一个叫"知识非问不能学"的回答者的回答是：正常全部长出是32颗，也有智齿未能全长出的，二十八到三十二不等。有些特殊的人是没牙齿的，比如无齿(耻)之徒。

我看了条最详细的，回答者是"我是强者"，内容如下：

人的一生有两副牙列：乳牙列和恒牙列。乳牙一般从婴儿六个月开始萌出，口腔内一共有二十颗乳牙，在两岁半左右全部萌出。恒牙一般从六岁开始萌出，第一恒磨牙即“六龄齿”。此后乳牙从前牙开始逐个脱落替换，一般到十二岁替换完成。此时形成的恒牙列为人的终身牙列，应尤其注意保护。

每个人有三十二颗恒牙，真正行使功能的牙齿有二十八颗。

当牙脱落一两颗时，并不会影响全身健康，但牙齿逐渐脱落剩下不到二十颗时，就开始影响身体多个系统功能。此时，应将脱落的牙齿及时修复好。口腔中保持二十颗以上有功能的牙齿，人的衰老速度会减慢下来，有利于延长人的寿命。这是因为人的牙齿少于二十颗，食物得不到充分咀嚼，影响消化功能；说话发音会受到不良影响，容貌也会显得苍老，对人的心理会产生负面影响。另外，牙齿还是体内重要的平衡器官，人的许多体力活动和注意力集中的脑力劳动都需要牙齿咬合来配合。牙齿少于二十颗时，人的平衡机能受到影响，容易出现活动失误、摔倒等现象。

这一条甚至对什么年龄阶段的牙齿该用什么样的牙膏等诸如此类的问题都做了详细的记述。我被这些描述吓了一大跳，心里说以后得好好保护自己的牙齿了。

这样，我们这里的人都明白这五十八颗牙齿肯定不全都是乌金的牙齿，里面肯定也有他人的牙齿。

寺院的僧侣把那些牙齿用哈达好好地包起来拿去让乌金的父母辨认。但乌金的父母说他们把能找到的乌金的牙齿等跟其他与乌金有关的东西全都拿去交给寺院了，包括那些小时候换牙时扔到房顶或者其他地方的乳牙，现在就是怎么也分辨不出哪些是混进他们儿子尊贵的牙齿队伍里面的他人的牙齿。

最后，无奈之下，那座佛塔快要建成之时，寺院住持把那五十八颗牙齿全都和经书等装藏的什物装进了佛塔里面。

佛塔建成后，自然有很多人去拜，我也会经常去拜一拜。不知道是为了纪念乌金，还是为了求得他的冥冥之中的一些护佑。

有一次，转佛塔时，我突然记起我小时候的一件事。

有一次，放学后，我和乌金到他们家里做作业。

到他家后，他让我先做数学作业，他在旁边耐心地等着。

做完数学作业，就轮到乌金耐心认真地抄写了。

突然，我那颗前两天就松动了的牙齿又疼了起来。

我疼得忍不住叫了起来。

乌金出去叫来了他的爸爸。他的爸爸看了看我的牙齿说："这个牙齿可以拔掉了。"

说着拿来一根细线，把线拴在那颗松动的牙齿上，就和我天南地北地聊了起来。

我感觉到嘴里有一点点的痛时，我那颗松动的牙齿已经在乌金的爸爸手里了。

他笑着把牙齿递给我说："用羊毛包上从天窗里扔到房顶吧。"

我用羊毛包住牙齿，走到天窗底下往上看，看怎样才能把牙齿扔到天窗外面。

乌金的爸爸笑着看我，说："知道扔之前该说什么吧？"

我说："当然知道。"

我们这里的民间有个说法，就是天窗之外的房顶专门有个管理小孩牙齿的精灵，你要是念了那句咒语一样的话，你就会长出好看的牙齿。

乌金和他的爸爸都看着我。

我举起那颗用羊毛包着的牙齿，嘴里念念有词：“难看的狗牙给你，洁白的象牙给我。难看的狗牙给你，洁白的象牙给我。”

这样重复了两遍之后，我就把那颗牙齿连同羊毛扔了上去，没再掉下来。

乌金和乌金的爸爸都夸我扔得很准。

想到这里我又记起，乌金被认证为转世活佛之后，寺院里来了几个僧人，说乌金父母送来的东西里还缺几颗牙齿，到乌金家的房顶找了半天，最后又找到了几颗乌金小时候的乳牙，像找到了什么宝贝似的带走了。那么我想，我小时候扔到乌金家房顶的那颗乳牙，也肯定被寺院的僧侣给捡走了，而且现在就在这座庄严的佛塔里面和乌金那些尊贵的牙齿一起享受着万千信众的顶礼膜拜。

嘛呢石，静静地敲

洛桑是个名副其实的酒鬼，一个月里几乎有二十天他都醉着。

他阿妈去世的时候，他也在醉着。他阿妈是在一个月前的某个午后突然去世的，没有任何预兆，午饭时还吃了一大碗酥油糌粑。

当时，洛桑的老婆桑姆劝她不要吃得太多，说老人吃多了不容易消化。老阿妈却很生气，说："我都这把年纪了，谁知道还能活多久，能吃就多吃点！"

吃完那一大碗酥油糌粑后，她还喝了一大碗茶。之后，她觉得很困，就侧身躺在卡垫上，呼呼地睡着了，再也没有醒来。

洛桑的阿妈死后，老人们开玩笑地说："至少这个老太婆没有饿着肚子离开人世，还算有福，不像五八年那些个饿死的，死了都成了饿鬼了。”

据洛桑的老婆后来回忆说，阿妈在睡着前还提到了洛桑，突然说了一句：“洛桑这家伙是不是又在外面喝醉酒了？整天连影子也见不到，太像他酒鬼阿爸了！”

洛桑听了这话就觉得很悲伤，觉得自己真是一个不孝之子。但更让洛桑觉得悲伤的是，阿妈去世时自己竟然醉着，这也太不像话了。这让他在村里再次成了笑柄。

办理完阿妈的后事，他几乎就让自己天天都醉着。他说这是让自己不感到悲伤的唯一办法。老人们翘起大拇指对着他说：“你这家伙现在的样子简直都超过你那名副其实的酒鬼父亲了。”

洛桑不理他们，任他们怎么说。

洛桑的父亲也是个嗜酒如命的家伙，后来死在了酒上。

关于父亲的死，洛桑记得很清楚。一天冬日的早晨，几个小伙子把已经冻僵了的父亲的尸体抬到大门口时，四肢在地上向四处伸展着。小伙子们想把洛桑父亲的尸体抬进院子里，但那时他们家的门太小，怎么抬也抬不进去，没有了办法，就只好放在门口，往院子里喊了一声，走掉了。母亲出来看着门口僵硬的尸体没有流泪，只是冷冷地说：“我早就知道这一天会到来，只是迟早的事。”

被冻僵了的洛桑的父亲的脸上似乎还挂着一丝笑，似乎在看着天上笑。

洛桑的母亲瞪了一眼丈夫那张发青发紫像是笑着的脸，转身就进了院子。

当时，洛桑还睡着。母亲怒气冲冲地把他从被窝里拖出来时，他还不知道发生了什么事。母亲把他拉到门口，指着父亲冰冷的尸体冷冷地说，这就是乱喝酒的下场。洛桑看着父亲发青发紫似微笑着的脸，心里还有点好笑。他从来都没有见过那样一种笑。那个笑容永远地留在了他的脑海里。后来，每当想起父亲时，他的脑海里就浮现出父亲那怪异的笑容。

当母亲说你父亲喝酒喝死了时，他才害怕起来。渐渐地害怕得发抖，不敢说话，想哭又哭不出来，心里暗暗发誓自己将来绝不沾酒这东西。

可是刚过十八岁，洛桑就迷上了喝酒，成了一个名副其实的酒鬼了。他母亲只好叹着气说自己真是命不好，可能是上辈子造了什么孽。

这一天的白天洛桑又像往常一样去找他的酒友丹增喝酒了，一直喝到了晚上。

晚上有月亮，低低地挂在天上，很大很圆很亮。洛桑和他的酒友丹增走在月光里，醉醺醺的，鼻子里哼着小调。有一次，他俩还停下来，对着月亮撒尿，嘴里胡乱骂着什么。后来，他俩就各自走回各自的家了。

洛桑一进屋就甩掉脚上的靴子，吐着酒气往老婆的被窝里钻。

他老婆被他吵醒，从被窝里狠狠地踢了他一脚，骂道："你这个酒鬼！"

他抱住老婆的腿，继续往被窝里钻，还笑嘻嘻地说："我就是个酒鬼，我喜欢这个名字！"

早上天刚亮，洛桑就醒来了。醒来后，他突然莫名其妙地说："昨晚的月亮特别特别地大，特别特别地圆，也特别特别地亮。"

洛桑老婆说："那又怎么了？十五的月亮就是那样！"

洛桑顿了顿又说："我在月光里听到有人敲嘛呢石的声音了。"

他的老婆桑姆已经给他端上了一碗醒酒的羊肉汤，说："你是不是还没清醒过来啊？喝了这碗羊肉汤再说话。"

洛桑喝了一口羊肉汤，说："我清醒得很！那敲嘛呢石的声音静静的，却又真真切切！"

他老婆问："你是在哪里听到的？"

他说："路上，回来的路上，那声音就是从嘛呢堆的方向传来的。"

桑姆仔细看了他一眼，接着又狠狠瞪了他一眼，说："不可能，刻石老人已经死了好几天了，再也没人会刻嘛呢石了。"

洛桑说："我知道他死了，可是我确实听到了，就像之前他活着时听到的声音一模一样。"

桑姆说："不可能！"

洛桑说："什么不可能？我亲耳听到的，有什么不可能！"

桑姆笑了，说："你回来时醉得就像条狗一样。"

洛桑说："我知道，你还骂了我一句酒鬼。"

桑姆说："我以为你糊涂了呢！"

洛桑又喝了一口羊肉汤，想了想，说："我虽然醉得像条狗一样，可我什么都记得。"

桑姆说："不可能。"

洛桑说："我也觉得奇怪，平常喝了酒什么都不记得，可是昨晚上的事我都记得清清楚楚。"

桑姆的脸上浮上一丝坏笑，说："你还记得什么？"

洛桑看出了老婆脸上的坏笑的意思，他的脸上也浮上同样的坏笑，一口喝干碗里的羊肉汤说："你就别问了，我都记得，什么都记得。"

桑姆说："你发誓！"

洛桑说："我是从来不随便发誓的，但是我真的什么都记得。"

桑姆也就笑，不说什么。

洛桑也笑，不说什么。

桑姆重新盛上一碗羊肉汤，依然坏笑着说："把这个也喝了，你该好好补补了。"

洛桑没说什么，又"咕咕咕"地把羊肉汤给喝了，就像他平常大口地喝酒一样。

上午，太阳被那几块乌云紧紧地裹着，老也出不来。

一阵大风从东面呼呼地吹来，乌云不见了，太阳也升起来了，之后村里人也集中到村中央的那个广场上了。

村里人每天都喜欢谈论各种各样新鲜的话题，先是谈论了昨晚的月亮，都感叹了一阵昨晚的月亮的大，昨晚的月亮的圆，昨晚的月亮的亮。

然后洛桑就说了自己在昨晚的月光中听到有人敲嘛呢石的声音的事。

他的话一下子引起了人们的兴趣。

人们纷纷议论起来，最后，几乎所有的人都不相信洛桑说的是真的。

一个人还怒气冲冲地说："一个酒鬼的话有什么可信的！"

洛桑显得很无奈，不知道该怎么办，最后就发起誓来。

他发完誓人们也不相信他的话。

他发现昨晚和自己一起回家的酒友丹增也在人群中，也在笑着，就竖起眉毛瞪他。

这一瞪他才发现酒友丹增的脸发青发紫，还似笑非笑着，洛桑一下子想起自己的父亲死后的那个笑容，心里有点紧张，不知所措地问："你的脸怎么了？"

酒友丹增说：“我也不知道。早晨我老婆说我的右脸发青发紫，我照镜子看时果然发青发紫得厉害。”

洛桑说：“真是一件奇异古怪的事情，还好你还活着。”

酒友丹增看着洛桑的脸说：“你说什么？”

洛桑这才反应过来，说：“噢，没什么。”

酒友丹增瞪了他一眼，说：“我怀疑是你昨天晚上打我的。”

洛桑认真地说：“不可能，昨晚上的事我都记得。”

酒友丹增说：“是吗？”

洛桑笑了笑，但还是很认真地说：“是。”

酒友丹增说：“我不相信，平常我喝醉酒，一说错什么话，你就喜欢打我的右脸。”

洛桑说：“但昨天晚上我确实没有打你的右脸，这我记得清清楚楚。”

酒友丹增笑了，说：“那你发誓你昨晚上没有打我。”

洛桑又一次双手合十，闭上眼睛，说：“我发誓！”

酒友丹增摸了摸自己发青发紫的脸，说：“那我相信了，可能是我自己栽了一跟头，撞到路边的一块石头上了。”

洛桑不理他，看着旁边那些用诡异的眼神看着自己的村里人说：“可这些人不相信我！”

酒友丹增马上站到了洛桑的一边，对着村里人说：“洛桑平时是从不发誓的，只要发誓了，就不会是假的，你们赶紧相信他的话吧。”

人们还是晃着膀子摇着头。

酒友丹增也恍惚了，瞪眼对洛桑说：“昨天晚上我俩可是一起回的家，我什么都没听到，你怎么就听到了什么？”

洛桑说：“月亮，很大很圆很亮的月亮，你还记得吧？”

酒友丹增说：“记得记得，我记得我这辈子也没见过昨晚上那么大那么圆那么亮的月亮。”

洛桑说：“你还记得你对着月亮说了什么吗？”

酒友丹增有点羞涩地说：“不记得。”

洛桑说：“你说，‘月亮月亮，你的脸就像我的老婆的脸，真漂亮！’”

几个人看着洛桑的酒友丹增“嘻嘻”地笑。

酒友丹增赶紧不好意思地说：“好了好了，你就别说了。”

洛桑就瞪着眼睛看他。

酒友丹增再次很认真地说：“但是我确实没有听到什么敲嘛呢石的声音。”

洛桑很认真地说：“你没见我刚刚发誓了吗？虽然我是个酒鬼，但我从来不拿佛开玩笑！我是向佛发誓的。”

酒友丹增想了想，点点头，然后很郑重其事地说：“确实是。”

洛桑这才把目光从酒友丹增脸上转过去，看其他人的脸。

其他人看他的眼神有点莫名其妙，洛桑有点捉摸不透。

这时，一个留着山羊胡子的老家伙说：“洛桑虽然是个酒鬼，但真没见他为什么事随便发过誓啊。”

他的眼睛看着前面空气里的什么地方，不看那些村里人。他说话时的表情有点严肃，和他的长相形成一种反差，显得很滑稽。

洛桑看着山羊胡子的样子笑了。

山羊胡子这时才把目光转向洛桑的脸，说：“你这个酒鬼！你笑什么笑？我这是为你说好话呢！”

其他人也纷纷看洛桑，脸上也是严肃的表情。

洛桑也就严肃地点点头，脸上露出了笑。

其他人也严肃地点点头，之后又马上笑出声来。

洛桑收起脸上的笑，说：“你们到底相不相信我说的话？”

所有的人看着他的脸暧昧地笑。山羊胡子也暧昧地笑着，脸上的表情很诡异。

洛桑生气了。脸一下子变得红红的，红到了脖子根里，说：“你们真是些没有意思的人，我发了誓还不相信我说的话！”

人们还在笑，发出了笑声。

洛桑有点急了，说：“我听到那敲嘛呢石的声音就从山上的嘛呢堆那里传来的，我跟我老婆也说了这事，她最后也相信了。”

有人笑起来：“哼哼，刻石老人的尸体早就被烧成灰，撒到嘛呢堆周围了呢。”

洛桑说：“这个我也知道。”

山羊胡子说：“那你还胡说什么？”

洛桑说：“我没胡说，我可以再发誓！”

酒友丹增说：“你就别再发誓了，你再怎么发誓他们也不相信。”

洛桑说："为什么？"

酒友丹增说："就因为咱们是酒鬼。"

洛桑生气地说："哼，不相信就算了。"

山羊胡子笑了，眼神里带着一点嘲讽的意思，说："你真是个没耐心的人，我正要想办法让他们相信呢。既然你自己都没有耐心了，那就没这个必要了。"

其他人也用嘲笑的眼神望着他。

洛桑对酒友丹增说："这些人真没劲，他们不相信就算了。"

酒友丹增说："是，没必要跟这些没见识的人斤斤计较。"

洛桑想了想说："走，咱俩去嘛呢堆那里转转看。"

酒友丹增的样子有点不愿意，但又无奈地跟着他走了。

人们从后面看着他俩的背影笑。

他俩往嘛呢堆那边走时，几只羊在前面慢吞吞地大摇大摆地走着，也不理他俩。

快到嘛呢堆旁边时，一只羊停下来往一块嘛呢石上撒尿。

洛桑看见，跑过去踢了一脚那羊，嘴里骂："这末法时代[1]，连这些畜生也不懂得敬崇佛法了！这些该坠入地狱的畜生，竟敢在神圣的嘛呢石上撒尿！"

那只羊挨了洛桑一脚，有点莫名其妙，回头瞪了一眼洛桑，继续撒着尿摇摇晃晃地向前走去了。尿液在后面的土路上形成一种奇怪的图案，引起洛桑的各种联想。

几只羊在前面停下来，回头看那羊，似乎在笑那只羊。

酒友丹增看着那情形也哈哈地笑起来。

洛桑拿起那块嘛呢石看了看，用袖口擦掉上面的羊的尿液，骂道："你看看，这刻石老人不在了，这些畜生也开始欺负这些个神圣的石头了！"

那块嘛呢石上刻着一尊佛像，很庄严的样子。

洛桑用袖口再次擦了一擦那块嘛呢石，放在了旁边的嘛呢堆上，双手合十敬了个礼，脸上露出了笑。

1　末法时代，佛法共分为三个时期：正法时期，像法时期，末法时期。释迦牟尼佛寂灭后，五百年为正法时期，此后一千年为像法时期，再后一万年为末法时期。

酒友丹增的脸上也露出了笑，看着洛桑笑。

那几只羊早已摇摇晃晃地走远了。

他俩到了平常刻石老人刻嘛呢石的地方。那里空荡荡的，像是什么也没存在过一样。

刻石老人的死其实也有点突然，谁也没有预料到。

刻石老人的死是放羊娃最早发现的。他说他那天把自己的羊群赶出羊圈，从嘛呢堆旁边的那条小路经过时，就觉得空气里有一种不一样的气息。他当时辨不清是什么气息，继续往前走。他说他后来看见刻石老人靠在一面嘛呢石墙上，像是睡着了。羊群经过他身边时他也一动不动。他说他当时就觉得刻石老人已经死了。他说他记得他母亲死的时候也是这样一副样子，靠在院子里的那堵墙上，一动也不动。他还说他马上就嗅到了弥漫在空气中的那种死亡的气息。他说他清楚地记得他母亲死的时候空气中也弥漫着这样一种气息。

刻石老人没有子女，没有亲戚，村里人为他办了后事，简单而又庄重。寺院里的活佛还亲自过来为他念了超度的经。

那天，洛桑没有喝酒，他在刻石老人刻过的那些石头中找着什么。

他的酒友丹增也没有喝酒，问他："你在找什么？"

洛桑说："没什么。"

后来，他从那些石头丛中拿起一块石头仔细地看，酒友丹增又问："那是什么？"

洛桑说："这是我让他刻的嘛呢石，可惜没有刻完，只刻了两个字。"

酒友丹增问："什么？"

洛桑说："其实不是我让他刻的，是我那死去的阿妈要让他刻的。"

酒友丹增过来，看了看洛桑的脸，又看了看那石头说："你到底在说什么？"

洛桑叹了口气说："哎，十几天前，我阿妈托梦给我，说一定让刻石老人为她刻一块六字真言的嘛呢石。"

酒友丹增说："噢，原来是这样，那现在没办法了，咱们这儿没有其他人能刻嘛呢石了。"

洛桑说："哎，其实也不是我那死去的阿妈要这样一个嘛呢石的，其实是我那死去的阿爸要这样一块嘛呢石的。我那死去的阿妈有几次在梦里对我说，我那死去的酒鬼阿爸老是来烦她，说他死的时候连请几个喇嘛念几天经的待遇也没有，真是悲哀。我死去的阿妈说当时家里条件有限，再加上十分痛恨他，就没做什么法事，现在想想心里也实在过意不去，就让我请刻石老人为我死去的阿爸刻一块六字真言的嘛呢石。”

酒友丹增目瞪口呆地看着他说：“你这也太复杂了吧？”

洛桑说：“不复杂，就这样，可惜没有刻完。”

酒友丹增保持着原来的样子。

洛桑也不理他，把那块没有刻完的嘛呢石放在了旁边的嘛呢堆上。

这会儿，他从地上捡起了那块嘛呢石。他有点恍惚，他明明记得他是把这块嘛呢石放在嘛呢堆上的，怎么现在就到地上了呢。他想也许是哪个放羊娃把它搬到地上了吧。

他拿起那块嘛呢石仔细地看，确实是自己请刻石老人刻的那一块。只是上面多刻了一个字。已经刻到六字真言的第三个字了。

他把那块嘛呢石拿给酒友丹增看，并说这上面多了一个字。

酒友丹增说："不可能！"

洛桑说："你不记得了，那天你也看了，上面只有两个字，现在变成三个字了。"

酒友丹增说："我看了，但我不记得上面是几个字了。"

洛桑说："当时只有两个字，现在变成三个字了。"

看酒友丹增不相信的眼神，洛桑又发了一次誓。

他一发誓，酒友丹增马上就相信了，神色慌张地看了看周围说："是吗？如果是这样，这事有点蹊跷。"

洛桑又在刚才捡到那块嘛呢石的地方找到了一些凿子等刻嘛呢石的工具，拿给酒友丹增看。

酒友丹增更加严肃地说："这事绝对蹊跷。"

洛桑和酒友丹增就拿着那块嘛呢石到了寺院里的活佛处。

活佛是个胖墩墩的慈眉善目的家伙，远远地看见他俩从大门进来就说："你俩是不是来戒酒了？"

他俩上前磕了三个头，不敢说什么。

活佛笑嘻嘻地说："我知道你们一时半会儿还戒不了，到自己真正想戒时再来吧。"

洛桑双手递上那块嘛呢石说："我们不是来戒酒的，我们是来让您看这个的。"

活佛拿起那块石头，好奇地看，然后说："这是什么？"

洛桑赶紧说："仁波切，咱们村里出了个很邪乎的事情。"

活佛瞪眼看他。

洛桑也抬起眼看活佛的脸。

活佛问："什么？"

洛桑就低下头继续说："昨晚上我喝醉酒回家时听到有人敲嘛呢石的声音。"

活佛问："然后呢？"

洛桑说："然后是今天早上。今天早上我把这件事说给村里人听，他们都不相信，我发了誓他们也不相信！"

活佛说："随便发誓不好，也是一种罪过！"

洛桑说："我也是为了让他们相信才发的誓，平常我也不随便发誓。"

活佛看着他的脸，不说话。

洛桑的酒友丹增也看着活佛。

活佛看着洛桑的酒友丹增问："昨晚上你们在一起吗？"

他说："在，我们在一起。"

活佛问："你听到什么了吗？"

他说："没有，什么也没听到。"

活佛又看洛桑。

洛桑的表情有点委屈，继续说："要不要我再发一次誓？"

活佛摇摇头，突然说："不用。我说过随便发誓不好。然后呢？"

洛桑高兴地对酒友丹增说："你看看，活佛开始相信我说的话了。"

酒友丹增也说："我一直都相信你说的话。"

活佛不理酒友丹增，继续盯着洛桑说："我不让你发誓并不代表我全信你的，但是然后呢？"

洛桑说："然后我们就去了嘛呢堆那里，找到了这块石头。"

酒友丹增说："是，是我们俩一起找到的，我觉得这事有点邪乎。"

活佛还是不理酒友丹增，继续用眼角盯着洛

桑看。

洛桑这才一本正经地说："这石头上面多了一个字，我记得清清楚楚，刻石老人死的时候这上面只刻了两个字，现在已经是三个字了，这是真的，我发誓！"

活佛再次仔细地看那块石头，还用手摸了摸上面的字。

洛桑和丹增看着活佛不敢出气。

活佛说："原来是这样，这字还刻得挺不错的，但是这样问题就大了。"

洛桑和酒鬼抬头看活佛。

活佛说："这个老家伙一定是被什么东西牵绊住了，还在中阴中晃荡着，离不开这个世界。"

洛桑和酒友丹增像是画在画上的两个人，眼睛也不眨一下。

活佛有点扫兴地说："看来我给他念的超度经没有起到太大作用。"

洛桑和酒友丹增依然像是两个画在画上的人，但是眼睛很快地眨了一下。

活佛说："如果不及时把他超度，他将来万一变成什么厉鬼祸害乡里，那问题就大了。"

洛桑和酒友丹增再次眨巴了一下眼睛说："哇，没想到情况这么严重！"

活佛严肃地说："明天必须得召集一些喇嘛做法事好好超度这个老家伙了。"

洛桑和酒友丹增说："仁波切说什么就是什么，我们俩一切听您的吩咐。"

活佛让洛桑把那块嘛呢石留下了，说明天做法事超度时用，洛桑稍稍犹豫了一下就答应了。

这一天，洛桑没来得及喝一口酒。一回到家，老婆就惊奇地问："哇，你今天怎么没有喝醉啊？莫非太阳从西边出来了？"

洛桑也不搭理她，把今天的事情都一股脑儿说给她听。

听完，她只是张大嘴巴"啊妈妈"地喊了一声。

她为他做晚饭，他说不想吃，起身走出了大门。

外面的月亮很好，几乎跟昨晚一样。洛桑看了看月亮，然后就把耳朵支向嘛呢堆的方向。他听了很久也没有听到什么。他觉得有点蹊跷，回到家里对老婆桑姆说："奇怪，今天晚上那敲嘛呢石的声音没有了。"

桑姆说："也许昨晚上就没有，你听到的只是一种幻音。"

洛桑瞪了一眼女人，说："连你也不相信我，没意思！"

说完倒头就睡了，很快发出呼呼的鼾声。

第二天，他又早早地醒来了。

桑姆为他准备早餐，他说他不吃，他说他要去见活佛。

桑姆已经给他倒了一碗清茶，他喝了一口，起身披上衣服准备离开。

她问他这么早去见活佛干什么，他说他做了一个梦。

桑姆问做了什么梦，他像是没有听见似的出去了。

他一个人大清早去了活佛家。

活佛在佛堂里念经，看见他来就停下来。

活佛问："你怎么又来了？"

洛桑说："仁波切，昨晚我做了一个梦。"

活佛说："梦？什么梦？"

洛桑说："刻石老人梦里对我说那块嘛呢石是我阿妈逼着让他刻的，他说他死后我阿妈不停地找他，不让他安宁，就答应刻完它了。他还说请仁波切不要请喇嘛做法超度他，他说他刻完这块嘛呢石就自然往生了。”

活佛仔细地听完，然后说：“看来这个老家伙还保持着他善良的本性。”

洛桑说：“是啊，是啊，您就不要请喇嘛们来做法了吧。”

活佛说：“万一他变成厉鬼来祸害乡里，那时就难办了。”

洛桑笑了，说：“刻石老人早就料到您会这样说。”

活佛瞪着他说：“什么？他说什么？”

洛桑说：“刻石老人说他这辈子刻了那么多嘛呢石，积了那么多德，再怎么着也不会变成个厉鬼祸害乡里的。”

活佛笑了，说：“这老家伙，死了还嘴硬！”

洛桑说：“您就不要请那些喇嘛来念经了吧。”

活佛说：“可是我已经请他们了。这会儿，他们可能就在路上了。”

洛桑说：“您千万不能这样，要是刻石老人完不成自己的心愿，也许就真的变成什么厉鬼祸害乡里了。”

活佛说：“我才不怕呢！我有办法制服他。不过他既然有这样好的心愿，我就打发我的管家让喇嘛们回去吧。”

洛桑说：“感谢仁波切，感谢感谢！”

活佛说：“那就让他好好刻吧，时间不要拖得太长了。”

洛桑站着不动，看着活佛笑。

活佛说：“你怎么还不走？”

洛桑说：“那块嘛呢石还在您这儿呢，我带回去放到嘛呢堆那里吧。”

活佛说：“噢，是，我拿给你。”

洛桑说：“是刻石老人让我把嘛呢石从您这儿拿回去，放到嘛呢堆那儿的，他说这样他才能刻。”

活佛笑了，说了句“这老家伙”，进去从佛堂的某个角落里拿起那块嘛呢石给了洛桑，说：“要是这老家伙再到你梦里，就告诉他刻完嘛呢石赶紧走，要不然就走不了了。”

洛桑地笑了笑，说了声“一定一定”，拿着嘛呢石走了。

洛桑和酒友丹增把那块嘛呢石恭恭敬敬地放在了昨天的那个地方。

他看了看四周说："老家伙，我把嘛呢石给你要回来了，也说好不让活佛做法事了，你就好好刻吧，早晨我在活佛家还说了你不少好话呢。"

酒友丹增莫名其妙地看着他，又看了看四周。

四周除了那些嘛呢石静静地躺着之外，什么也没有，连只羊也没有。

洛桑突然又想起什么似的对着空荡荡的空气说："哎，对了，昨晚我怎么没听到刻嘛呢石的声音了？你是不是偷懒了？"

空气里空荡荡的，连个回声也没有。

酒友丹增看着他的脸，疑惑地说："你昨天还一副神神秘秘慌慌张张的样子，今天怎么就看着完全释然了。"

洛桑说："我知道了谁在敲嘛呢石了。"

酒友丹增很奇怪，问："谁？"

洛桑说："就是死去了的刻石老人。"

酒友丹增睁大眼睛说："你怎么在说胡话？"

洛桑说："我没有说胡话，刻石老人在为我阿妈刻一块六字真言的嘛呢石，就是昨天咱俩捡到的那块。”

酒友丹增张大嘴巴，看着他不说话。

洛桑推了他一把，说：“走，现在没事了，咱俩喝酒去，昨天一天没喝酒，喉咙里怪痒痒的。”

之后，他俩就去喝酒了。

下午，他俩就喝醉了。

洛桑不停地打着嗝。酒友丹增笑了，说：“你今天怎么了，喝了那么一点就成这样了。”

洛桑不理他，继续打着嗝。酒友丹增就醉醺醺地继续笑。

洛桑突然停止打嗝，说：“我得去看看那老家伙。”

酒友丹增说：“谁？”

洛桑说：“还有谁？就是那个老家伙，刻嘛呢石的老人。”

酒友丹增说：“这两天你可能是撞上鬼了！”然后斜眼看他。

洛桑说：“你不用那样看我，我很正常，等会儿我得给刻石老人送瓶酒去，我知道老人以前喜欢喝点小酒。”

酒友丹增还在用那种怪异的眼神看着他。洛桑也不再理他，拿上一瓶酒就走了。

洛桑醉醺醺地到了嘛呢堆旁边。

他看了看四周红着眼睛说："老家伙，开工了吗？我怎么听不到刻嘛呢石的声音？"

空气里只有一丝风的声音。

洛桑觉得有点无聊就躺在那块嘛呢石旁边睡着了。

梦里，刻石老人对他说："你说你昨晚上没有听到刻嘛呢石的声音，嘛呢石在活佛家的佛堂里，我怎么刻？我不至于跑到活佛家的佛堂里刻吧？这也太不像话了吧？"

洛桑说："哦哦，我明白了。"

刻石老人说："你刚才又对着我大喊大叫，问现在怎么听不到刻嘛呢石的声音。这个我告诉你，在白天我根本出不来，眼睛里白晃晃一片，什么也看不到，只有到了晚上有月光时我才能出来，才能看得见一切。"

之后还做了一些梦，洛桑都不记得了。

他醒来后，仔细回想了一遍刻石老人说的那些话，都很清晰，就笑了笑。

他站起来，把自己带来的那瓶酒放在了旁边的嘛呢石堆上，对着空气说："我知道你以前喜欢喝点小酒，所以就给你带了一瓶酒来，累了困了时喝一口吧，提提神。"

他看了看四周，然后又对着空气说："嘿嘿，这下你高兴了吧？"

停顿了一会儿之后，他又黑着脸说："不过你一定得刻好我阿妈让你刻的嘛呢石啊，刻嘛呢石的钱我是早就付过了的啊。"

黄昏，洛桑回到家里，老婆桑姆看到他醉醺醺的样子，说："你这个样子才叫我放心。"

然后，熬羊肉汤给他喝。他喝了几口就睡着了。

半夜，他突然醒来跑到了外面。

外面的月光很好，他站在月光里仔细地听。他什么也没有听到，就气呼呼地说："你这老家伙，又偷懒了！"

之后，就回去睡觉了。

刚睡着，刻石老人就来到了他的梦里。老人也微醉的样子，眯缝着眼睛说："你这个酒鬼，谁让你给我带酒的，害得我今晚上没有刻也刻不好。今晚上月光这么好，可惜了。”

洛桑也生气了，说：“我是好心才给你带去的，谁知道你都成这个样子了，死都死了还没有个分寸！”

刻石老人哼哼地生气，嘴里说：“要不是你阿妈像个泼妇一样地死缠着我，我才不愿意在这个时候刻这样一块嘛呢石呢！你阿妈那女人也真是不要脸，硬说什么我年轻时跟她好过一段时间，我怎么就一点也不记得？”

洛桑说：“活该你！不知道你这个老家伙年轻时风流成什么样了！”

刻石老人的口气就变了，说：“洛桑，你真的不该给我带酒来，我酒量小，喝几口就醉了，有时候闻着都醉了。醉了就一点儿也不想刻石头，不刻石头你那该死的阿妈又来逼我了，我最烦女人逼我了。你明天最好给我准备点酥油茶，还有一把锋利的凿子，刻完这个我就真的得走了，要不然仁波切那个小心眼又该不放心了。对了，还有明天把我喝剩下的酒也带走，不要让我再闻到它的味道，那种味道太诱人了。”

洛桑说：“好好，这些我都答应你。”

刻石老人说：“你真是个好孩子，要是我也有你这样一个儿子就好了。有一次，我记得你阿妈好像也说过你也许就是我的儿子呢，要是你是我儿子，我就把这刻嘛呢石的手艺传给你了。可是后来我仔细地观察过你，你和你那个酒鬼父亲太像了，所以你不可能是我儿子。”

洛桑生气了，说：“你这老头子，你在胡说八道什么呢？”

刻石老人说：“对不起，对不起，我不该这样想，不过这些话我是第一次说出口，我活着时从来没跟人说过这些话。”

洛桑还是生气地说：“我就算是你儿子，我也不会跟你学这个手艺的，我不喜欢这个，我只喜欢喝酒。”

刻石老人说：“好了好了，咱们不谈这个了，谈这个也没意义了。其实今晚上我还是试着刻了一会儿，但是可能没刻好，喝了酒我的手就发抖。”

洛桑说：“你就别撒谎了，我怎么连个敲嘛呢石的声音都没听到呢？”

刻石老人说：“可能那个时候你睡着了，你明天去看看就知道了。”

早晨，洛桑把昨晚的梦讲给桑姆听。

桑姆仔细听着，然后笑嘻嘻地说："好，我给你准备酥油茶，你赶紧送去。"

去嘛呢堆的路上，洛桑又去了一趟铁匠铺，让铁匠多杰打了一把锋利的凿子。

铁匠多杰问他："你要凿子干什么？"

洛桑说："刻嘛呢石用。"

铁匠多杰说："刻石老人都死了，谁还给你刻嘛呢石？"

洛桑说："有用。"

铁匠多杰看着他。

他说："多少钱？"

铁匠多杰故意说了个比平时高的价，洛桑也没说什么，付了钱就走了。

在嘛呢堆旁边，洛桑举起茶壶对着空荡荡的空气说："看好了，这是你要的酥油茶。"

停顿一下，然后放在了地上。

又举起凿子对着空荡荡的空气说："看，凿子也给你带来了，刚从铁匠铺里买的，锋利无比，小心划破手指头。"

之后，他看了看四周，看见了放在嘛呢堆上的那瓶酒。

他走过去，拿起来，晃了晃，说：“喝了这么点就醉成那样了，真是没有酒量！”

他打开瓶盖说：“我倒要尝尝这死人喝剩的酒是个什么味道？”

说完就“咕咕”地喝了几大口。

半晌，他闭着眼睛不说话。随后，他又突然睁开眼睛说：“啊，不错，味道好极了！”

他又接连喝了几大口。

突然，他记起什么似的坐在地上拿起那块嘛呢石看。嘛呢石上已经刻了六字真言的第四个字，但是刻得不好，洛桑就对着空荡荡的空气大声骂道：

“你这老家伙，你是刻了一点，但是你看看你都刻成什么了，一点也不好看！你要是继续这样刻，别说是我阿妈，我自己也不答应，你要记得我可是早就给你付过工钱了的！”

空气中寂静一片，没有任何声音。

洛桑继续把那瓶酒给喝干了，嘴里连连说着“好酒好酒”，之后就醉了。

晚上他不知怎么就到了家里，刚刚躺下来，有人就使劲敲起了他家的门。

他嘟嘟囔囔地起来去开门，站在门口的是酒友丹增。

酒友丹增有点醉了，但很兴奋地说："我也听到了有人敲嘛呢石的声音。"

洛桑斜眼看他，看了一会儿之后才说："你真的听到了？"

酒友丹增说："我真的听到了，我可以发誓。我回家时在月光里听得真真切切！"

洛桑说："你不用发誓，我相信你已经听到了。"

酒友丹增看着他说："说实话，开始的时候我也完全没有相信你的话。"

洛桑看着他笑。

他也看着洛桑笑。

洛桑说："你先回去吧，明早咱俩在嘛呢堆那边见。"

第二天一大早，洛桑和酒友丹增就不约而同地到了嘛呢堆边上。

洛桑拿起那块嘛呢石看。看了一会儿之后，对着空荡荡的空气说："你这老家伙，你看你不喝酒就好多了，都已经刻了五个字了，这字也刻得漂亮多了。”

酒友丹增看了一眼嘛呢石，惊叹道：“真是鬼斧神工啊，一个凡人绝对刻不出这么超凡脱俗的字，即使刻石老人在世也刻不出来。”

洛桑对他说：“没想到你还懂点这个。”

酒友丹增说：“你不要小看人，我还上过学呢，你上过吗？”

他俩正吵时，看见远远地来了很多人。

来的都是村里人，每个人手里都拿着什么东西，走在最前面的是山羊胡子。

待他们走近后，洛桑问山羊胡子：“你们来干什么？”

山羊胡子的语气完全变了，变得客客气气的，他说：“酒鬼洛桑啊，噢，不，洛桑啊，你确实没有撒谎，我们昨晚上确实也听到了有人敲嘛呢石的声音。仁波切说只有佛缘很深的人才能第一个听到这样的声音，看来你这人福报不浅啊。”

洛桑看着他们说：“谁让你们不相信我说的话呢？”

众人一起说：“相信了，相信了，这下完全相信了。”

洛桑又盯着他们手上的东西说："你们手里拿着的是什么东西？"

山羊胡子说："就是一点吃的喝的供养，大家的一点心意，想供给刻石老人。"

洛桑说："他一个孤老头子哪能吃那么多？"

山羊胡子有点恳求似的说："仁波切说一个亡灵刻嘛呢石，这是千载难逢的事，所以你让我们也沾点光，积点德吧。"

还没等洛桑开口，人们就已经涌向了嘛呢堆旁边。

村里人把带来的吃的喝的都放到了嘛呢堆上，对着空气中的什么地方说上几句话让刻石老人慢慢享用、保佑保佑我们之类的话。

人们围坐在嘛呢堆的边上，嘴里念着六字真言，不愿离去。

下午，洛桑和几个酒友喝了一点酒，到了晚上他们都醉醺醺地回去了。在路上，几个酒友都说听到了有人敲嘛呢石的声音。

洛桑回去就睡下了，刚刚睡着，刻石老人就到了他的梦里。刻石老人气愤地说："你这个酒鬼，你让村里人带来那么多好吃的好喝的，我都撑得干不了活儿了，你还想不想让我刻完？”

洛桑也生气地说：“那不是我的错，是他们自愿送来孝敬你的。”

刻石老人说：“我知道，他们也是好心，但是吃多了我就动不了了，也不想动，不想动就睡着了。”

洛桑挖苦道：“谁让你吃那么多了，死了还管不了自己的嘴巴！”

刻石老人说：“不要再奚落我了，我抓紧刻完这块石头就得上路了。”

洛桑笑了，说：“那你说吧，我该怎么帮你？”

刻石老人说：“你就堵在路上，不要让他们把吃的喝的放到嘛呢堆上就行了。明天晚上我刻完最后一个字就万事大吉了。”

第二天，洛桑和酒友丹增就堵在通往嘛呢堆的路口上，劝那些人不要再送吃的喝的了，说这样等于是在害刻石老人。

人们问为什么，他说老头子吃撑了，就刻不了嘛呢石了。

那些人就笑，说还有这种事，不相信。

洛桑问：“昨晚上你们中哪个听到刻嘛呢石的声音了？”

人们彼此看看，最后都摇起了头。

洛桑说："就是因为昨天你们送来了那么多吃的喝的，刻石老人吃撑了才没能刻的。"

人们也就半信半疑了，拿着东西回去了。回去时还特意嘱托洛桑一定要让老人保佑保佑他们。

晚上，村里的大人小孩又都听到有人敲嘛呢石的声音了，他们都静静地听着，像是在听一首无字的歌谣。

第二天，洛桑跑到嘛呢堆旁边，从地上拿起那块嘛呢石看。他看见上面的六字真言已经完全刻好了。

很多人也来到了那里。那块石头就在人们手上传来传去，大家都啧啧称奇，赞叹刻石老人的鬼斧神工。

活佛也来到了人群中，他拿起石头凝视了很久，然后慢吞吞地说："这是我见过的最漂亮的六字真言了。"

洛桑走上前说："现在我也放心了，我阿妈对我阿爸也有个交代了，刻石老人也可以放心地离开了。"

活佛说："你阿妈你阿爸真是好福气。"

听到这话，洛桑就对着大伙儿笑，心满意足的样子。

活佛把洛桑叫到一边，神秘地说："我要跟你商量个事。"

洛桑从来没见活佛对什么人这样客气过，看见这样子，觉得有点紧张，但还是很镇静地说："仁波切，您尽管吩咐。"

活佛说："我是想请刻石老人为寺院也刻一块六字真言的嘛呢石，这个将来一定会成为咱们这个寺的镇寺之宝的。"

洛桑说："这个好啊，仁波切您说他肯定会非常愿意的。"

活佛面有难色地说："可是这老家伙从不到我梦里来，要是他到我梦里，我早就向他交代清楚了。"

洛桑说："您老是说要做法事超度他，他可能害怕了。"

活佛笑着说："所以要请你帮忙嘛，到他的梦里，把我的想法传达给他。"

洛桑想了想说："好，那就晚上吧。"

晚上，刻石老人果然到了洛桑的梦里。

刻石老人一开口就说："活佛的话我都听到了，可是我现在实在是没有什么力气再刻一块六字真言的嘛呢石了，我的浑身都软绵绵的，一点力气也没有。"

洛桑说："可是这是活佛提出来啊。"

刻石老人做无奈状，看着自己结满硬茧的手掌，有些地方还被划破了。

这时，洛桑的母亲从什么地方出来了，她对刻石老人说："感谢你，感谢你，我让你烦心了。"

刻石老人瞪着她说："只要从今往后不烦我就阿弥陀佛了！"

洛桑母亲说："不会了，不会了，放心吧。"

刻石老人瞪了她一眼说："你这老婆子，因为你的事，你看这下活佛也要我帮寺院刻一块嘛呢石，我是真想给寺院刻一块，可是现在我实在是没有力气了，我连我自己的胳膊也抬不起来了。"

洛桑母亲听完对刻石老人说："本身刻这块嘛呢石我们又带不走，就是为了积个德了却个心愿什么的，现在心愿完成了，我想就以我、我那酒鬼男人，还有你的名义捐给寺院做镇寺之宝吧，这样功德岂不是更大了吗？”

第二天，洛桑就把那块刻有六字真言的嘛呢石交给了活佛。

活佛很高兴，高兴得合不拢嘴巴。

他左看右看了好一阵之后说：“我们得好好超度超度这个老头子了。”

第二天，活佛从附近寺院请来七个喇嘛，大张旗鼓地念了七天七夜的经。

之后，刻石老人再也没有到洛桑的梦里面。

有时候在月亮很大很圆很亮的夜晚，洛桑喝醉酒一个人回家时，偶尔还能听到远处有人敲嘛呢石的声音，静静的，像一首无字的人生歌谣。

陌生人

我们这个村子很小，只有一百来号人，谁家要是出了什么事，五分钟后就都知道了。

从村头走到村尾，只要十分钟的时间。一些人兴致勃勃地来这里旅游，十分钟之后就很失望地回去了。

不过，总会有一些陌生人到我们这里来。

那天，就来了一个陌生人。

每当村里来了什么陌生人，第一个知道的就是我们。我们都是些无所事事的年轻人，村子中央那个小卖部是我们每天聚会的地方。小卖部里廉价的酒，让我们每天都烂醉如泥，等太阳落山后才摇摇晃晃地各自回家。

那天上午，来到小卖部门口的只有我一个人。我有点奇怪。我等了半个小时还是没有等到一个人影。小卖部的售货员是个女的，叫卓玛。年龄跟我差不多，比我们村里那些个女孩漂亮多了。也许是因为她长得漂亮，她不太爱理我们。她不是我们村里的，她是村长带来的。村长开了这个小卖部，自己又不会算账，就把她给雇来了。听村长说她算盘打得很好，但我们从没见过她打算盘，那个算盘一直在柜台边上放着。一些人说，过段时间她就要离开这里。

我喝酒喝得有点上瘾了，每天这个时候不喝上几口，就有点坐立不安。我故意摸了摸我的上衣口袋。我的口袋让我很失望。其实，我知道我的口袋会让我大失所望的，从昨天开始我就知道我的口袋里一文不名了。我只好等别人来买酒喝了。

太阳已经出来了，阳光有点暖和，我把上衣脱下来扔到了离小卖部门口不远的一棵歪脖子树上。那棵歪脖子树上还挂了许多哈达之类的东西，这里的人们相信那是一棵神树。那棵树看上去一副无精打采的样子，也许是因为那些祈祷者无休无止的祈祷疲惫了。

没有了上衣，我显得有点精神。我走进了小卖部。售货员卓玛在嗑着瓜子，她把瓜子皮吐到前面的水泥地上，地上白花花一片。

我看着她脸上堆起了笑。她只是继续嗑着瓜子，没有理我。

我笑了笑对她说："能不能赊我一瓶酒，我明天就把钱给你送来。"

她几乎连眼睛也没抬一下，在吐瓜子皮的缝隙吐出了两个字："不能。"

我看了她一会儿就出去了。

太阳升起很高了。外面还是没有一个人。那棵歪脖子树孤零零地立在那儿，在阳光的照射下显得蔫不拉几的。

我看见树底下有个破桶，就提起来走到了不远处的井边。

这口井是我们这里的第二口井。第一口井里淹死过一个小孩，后来人们把它给填平了，还请了村里寺院的喇嘛念了几天经。但是后来，有人说那个小孩的阴魂游荡在那口井的附近，到了晚上很多人不敢从那口井旁边经过。有时候我喝醉酒从那里经过时也有一点毛骨悚然的感觉。

我从那口井里打出了水。水桶里一只青蛙呱呱地叫着。我们这里的人对青蛙怀有敬畏之心，认为它是龙的子孙。那只青蛙似乎在看着我，凸出来的眼睛有点挑衅的意思。我和它对视了一会儿，最后讨好似的对着它笑了笑，把那桶水倒回了井里。我听到从井底传来了青蛙的呱呱的叫声。

等那呱呱的叫声消失之后，我又重新打了一桶水。这桶水里面没有青蛙。我有点侥幸地赶紧把水倒进了我的破铁桶里。那只破桶开始漏水了。我提起漏水的桶跑向那棵歪脖子树。

跑到歪脖子树边上时，桶里只剩半桶水。我把水全部倒向那棵树，然后看着它。我眼看着那棵树在我的面前精神多了，它的叶子在阳光下熠熠生辉。

太阳似乎被一块云挡住了。那棵歪脖子树蒙上了一层阴影。这时，我听到身后传来了一阵窸窸窣窣的声音。

我回头看时，看见一个人正往小卖部这边走。我一眼就看出那是一个陌生人。

我没有站起来，蹲着等那人过来。

阳光又回来了。我看清了那人的脸。那是张三十岁左右的脸，一副疲倦和哀伤的神情。

他走到小卖部门口就站住了。我以为他会跟我说话，但是他没有跟我说话。

他从上衣口袋里掏出一包烟，从里面取出一根抽了起来。

我看了看他，起来向他走去。

他递给我一根烟，说："抽根烟吧。"

我没有拒绝。我想起我的裤兜里有一个打火机，就拿出来自己给自己点上了。

他只是抽着烟，不说话。

我把烟抽到一半，终于忍不住说："你从哪里来？"

他说："我从一个很大的地方来。"

我说："哦，我知道了，你是从大城市来的。"

他也没说什么，继续抽着烟。

我看他有点奇怪，就说："你叫什么名字？"

他却说："我的名字不重要，我是来找个人。"

我仔细看了看他说："你找什么人？"

他说："一个女人。"

我说："我们这个地方很小，没有多少女人。"

他说："我要找的女人叫卓玛。"

我立即就想到了小卖部的售货员卓玛，说：

“噢，我知道了，我带你去。”

我们就去了售货员卓玛跟前。她还在嗑着瓜子。她前面的柜台上也满是瓜子皮。

我对她说：“这个人是来找你的。”

卓玛停下了嗑瓜子，眼神有点奇怪。

我回头看时，那人已经往外走了。

我追过去说：“她就是卓玛，你不是要找卓玛吗？”

他已经走到了小卖部外面。他在阳光里站住说：“我要找的不是她。”

我说：“她也是外地的。”

他说：“不是她。”

我说：“那我们这里就没有你要找的女人了。”

他说：“我知道你们这里有二十一个卓玛，我要找的女人就在你们这里。”

我笑了，说：“你是不是说佛经里的二十一个卓玛[1]啊？可那是在佛经里啊？我们这里哪有那么多卓玛？”

---

1 卓玛，藏族对女子的称呼，意思是“度母”。度母是度脱和拯救苦难众生的一族女神，同时也是藏传佛教诸宗派崇奉的女性本尊群，共有二十一个法相，即二十一度母。

他说："我看过一本书，说你们这里就是佛经里二十一个卓玛的故乡。"

我说："哈哈，我还真没听说过我们这个鬼地方是二十一个卓玛的故乡。"

他说："不会错的，书里这样说。"

我闭上眼睛装模作样地念了起来："嗡！敬礼圣救度母尊，敬礼速勇救度母，目如刹那电光闪，三界怙主莲花面，万千花蕊端严母；敬礼圆满如秋月，万千叠积面容母，如千星宿俱时聚，殊胜威光炽燃母……"

他说："没想到你还会背二十一度母(卓玛)赞。"

我睁开眼睛说："这有什么，我们这里的人都会念度母礼赞。"

他竖起大拇指说："我背了很长时间也不会背这个。"

我又闭上眼睛更加大声地念了起来。

这时来了另一个无所事事的年轻人，他叫次多。他和我一样也是个囊中羞涩的家伙。

他说："你怎么在这儿卖弄似的念度母礼赞？"

我说："我只是念给这个陌生人听听。"

他看着陌生人，像是突然看见了他，说："他是谁？”

我说：“他说他来自大城市。他说他来找他的女人。他说他的女人叫卓玛。”

次多说：“卓玛？会不会是我妹妹啊？”

我说：“对啊，你妹妹也叫卓玛，我怎么没想到啊！”

次多说：“我妹妹已经是个少女了，你怎么能想不到呢？我妹妹也去过大城市。”

我说：“那你快去吧，我在这儿看住这个人。”

次多小跑着从那口水井旁边跑去了。

次多走后，陌生人对我说：“你真不知道你们这里是二十一个卓玛的故乡吗？”

我说：“不是我不知道，我们这里真没那么多卓玛，我们这里总共才一百来号人。”

他只是看着我笑了笑。

次多很快就领着他的妹妹来了。

次多和他的妹妹在离我们几步远的地方停住了。次多指着那个陌生人，问他的妹妹：“你认识这个男人吗？”

次多的妹妹说：“我在城里打工时，好几个男人都说要娶我，但我现在有点记不清他们的样子了。”

次多说："你好好看，不要弄错了。"

次多的妹妹就仔细地看那个陌生人。

陌生人看着她说："我要找的卓玛不是她。"

卓玛的哥哥有点失望。

卓玛也有点失望，她看着陌生人说："你仔细想想，你真的没有说过要娶我吗？"

陌生人说："我从来没有对你说过这句话。"

这时我特别想喝酒了，就故意对次多说："你有钱吗？买瓶酒吧。"

次多说："我没钱。"

我说："我知道你没有钱，我就故意问问。"

次多也不觉得尴尬，对自己的妹妹说："卓玛，给我们买瓶酒吧。"

卓玛看着那个陌生人说："人家大城市来的，你们就让他买嘛。"

次多说："陌生人，给我们买瓶酒吧。"

陌生人说："这样吧，你们找来一个卓玛，我就给你们一百块，你们自己去买酒喝。"

次多很高兴，对陌生人说："你说话算数吗？"

陌生人说："当然。"

次多还是有点怀疑地看着他。

陌生人从口袋里掏出一沓大面额的钱，晃了晃，说："你不是在怀疑我没钱吧？"

这时我突然脑袋开窍似的说："我已经帮你找到一个卓玛了，你说话算数的话就给我一百块吧。"

陌生人毫不犹豫地抽出一百块给了我。

次多也马上脑袋开窍似的说："我也帮你找到了一个卓玛呀。"

陌生人又抽出一百块给了次多。

次多的妹妹说："我找来一个卓玛也会给我一百块吗？"

陌生人说："当然，谁找来都给。"

次多的妹妹就离开了我们。

我对次多说："这是一笔好生意啊，咱们找到二十一个卓玛，就能赚到两千一百块。"

次多说："还是先去买瓶酒喝吧。"

我说："好，先喝点酒再说。"

我和次多就进了商店。

营业员卓玛已经不嗑瓜子了，地上和柜台上很干净。

这次我没有对着她笑，直接说："买酒！"

售货员卓玛也斜着眼睛说："有钱吗？"

我把那张一百块扔到了柜台上，上面的毛主席的表情有点严肃。

卓玛拿起钱仔细地看，说：“不会是假钱吧？”

我说：“毛主席还有假的吗？”

卓玛微微笑了笑，没说什么。她的微笑很让人陶醉。

我后面的次多很生气，说：“怎么，你是看不起我们没钱吗？”

卓玛收起了微笑，不理他，只是看着我说：“你哪来这一百块钱？”

我说：“从那个陌生人手里赚的。”

卓玛抬头看了看外面，我也回头看外面，但看不见那个陌生人。

卓玛就说：“买什么酒？”

我说：“最好的。”

卓玛说：“最好的五十块。”

我说：“拿来。”

卓玛拿来一瓶酒，找了我五十块。

我拿起那张五十块面额的钱仔细地看，我觉得那上面的布达拉画得很好看。

卓玛“哼哼”了两声说：“怎么了，是假钱吗？”

我笑了笑说：“我只是看看上面的布达拉是不是真的。”

卓玛“哼哼”了两声没说什么。

我把那张布达拉卷起来装进口袋说：“还能在你这儿买一瓶好酒。”

我看见次多在我后面有点急不可耐的样子，就打开瓶盖，先喝了一口，然后给了次多。

次多喝了一口，回味了一番，然后慢吞吞地说：“真好喝，喝完这个我也买个五十块的。”

我说：“嗯，是很好喝，我在很多年前喝过一次这样的好酒。”

次多突然说：“他们呢？他们怎么没来？”

我问：“谁们？”

次多说：“还会有谁们？就是每天跟咱们一起喝酒的那些人。”

我说：“哦，你是说他们啊，我也纳闷今天他们怎么没来呢。”

次多就没说什么，继续喝酒。

喝了几口之后，我俩就到了小卖部的外面。

外面的阳光很好。陌生人站在阳光里，看着前面的那棵歪脖子树。

陌生人问："为什么这棵歪脖子树上挂了那么多东西？"

我说："你可别小看这棵歪脖子树啊，这可是一棵神树，能给人带来好运。"

陌生人说："你看阳光照在这棵树上多好看啊。"

次多说："我们这里的阳光每天都这样。"

陌生人又说："你们这里的阳光比我们那里好。"

次多说："这里的阳光不好，这里的阳光把我们的脸都晒黑了。"

陌生人说："晒黑了好啊，今天我要好好晒晒。"

我把酒递给陌生人，说："谢谢你让我们喝上了这么好的酒，你也喝一口吧。"

陌生人说："我不喝酒，我从来就不喝酒的。"

次多对我说："我们该去找卓玛了吧？这么好的生意哪里去找啊？"

我说："喝完这瓶再走吧，不喝点酒我提不起精神。"

我们又喝了几口，我看次多的样子也精神多了。

这时，次多的妹妹领来了一个抱着孩子的女人和一个瘸腿的女人，我突然想起她俩也叫卓玛。

次多的妹妹直接走到陌生人面前说："她俩都叫卓玛。"

陌生人只是看了她们一眼就说："不是我要找的。"

然后从口袋里掏出两百块给了次多的妹妹。

次多的妹妹拿上钱，叫上两个叫卓玛的女人进了商店。

看着他们进去之后，我心里有点想笑，但又没笑出来。

之后，又来了一个女人。那是个老女人。我记起她也叫卓玛。

我有点拿不定主意地问陌生人："老女人也算吗？"

陌生人说："什么？"

我说："叫卓玛的老女人也算吗？"

陌生人说："只要是叫卓玛的都算。"

我和次多一起跑向那个老女人，每人抓住她的一只胳膊，拉向陌生人。

快到陌生人旁边时，老女人把我俩甩开了。她自己走到陌生人跟前说：“你在找叫卓玛的女人吗？我就叫卓玛。”

陌生人看着她。

我和次多赶紧说：“她确实叫卓玛，虽然老了点。”

陌生人说：“不是我要找的。”

然后陌生人从口袋里掏出一百块，看着我和次多说：“这一百块应该给谁？”

没等我俩开口，老女人一把抢过钱说：“我就是为了这一百块才自己走来的。”

我和次多看着她，陌生人也看着她，最后都笑起来了。

老女人把一百块钱装进口袋里，指着那条不太宽阔的土路说：“哈哈，又一个卓玛来了。”

一个中年男人和女人吵吵嚷嚷地朝这边走来了。

中年男人径直走到陌生人前面说：“是你在找叫卓玛的女人吧？这个女人就叫卓玛。”

陌生人赶紧拿出一百块钱说：“给你，一百块。”

中年男人说：“我不是为了一百块来的，我是来求你把她给带走的。我和她实在是过不下去了。你就把她带走吧，我没有任何条件。”

陌生人说：“她不是我要找的卓玛。”

中年男人说：“你是不相信我吗？那我给你看她的身份证。”

中年男人很快就从口袋里掏出了身份证，双手递给陌生人看。

陌生人没有接身份证，说：“我相信，我相信你。”

这时，中年女人也开口了：“从一岁起我就叫卓玛了。我和他过了二十年，我实在是过不下去了。你要是愿意带我走，你让我做什么我都愿意。”

陌生人说：“我要找的真的不是你。”

中年男人生气了，说：“你真是个奇怪的家伙！既然这样，把那一百块给我，还不如喝点酒让自己醉一会儿呢。”

陌生人赶紧把钱给了他，说：“好好，拿去吧，拿去吧。”

中年男人拿着钱往小卖部里走时，女人又从后面追过去和他打了起来，一直打进了小卖部里。

之后，那个老卓玛也进了小卖部。

次多不失时机地对我说：“咱俩赶紧去找卓玛

吧，再不找的话钱都被别人赚走了，已经有六个卓玛在小卖部里了。”

在阳光下喝了几口之后，我反而提不起精神了，心里懒懒的不想动。我说：“你想赚钱你就去吧，我就不去了，我现在感觉很舒服。”

次多也想了想说：“算了，喝酒。”

之后，我俩就坐下来喝酒。一瓶酒喝完了，次多又去买了一瓶一样的酒。

这次我说：“这酒确实好喝。”

次多的脸上露出了笑。

一对父母带着两个小女孩朝这边来了。

我俩坐在地上懒得起来。我俩抬起头对陌生人说：“又来了两个卓玛。”

陌生人等着他们过来。

父母模样的两个大人把两个长得一模一样的女孩推到陌生人面前说：“她俩是双胞胎，都叫卓玛。”

陌生人却说：“她俩不是我要找的，谢谢你们。”

两个女孩的父母显得很失望，说：“你再仔细看看吧，一个也不是吗？”

陌生人说：“不是，不是我要找的卓玛。”

那对父母还想说什么，陌生人已经掏出了两张一百的，说：“拿去吧，这是你们应得的。”

后来，又来了几个叫卓玛的女人，胖的，瘦的，高的，矮的，老的，少的，靓的，丑的，什么样的都有。

陌生人没有找到他要找的卓玛，他口袋里的钱却少了不少。

这时，我和次多那些无所事事的伙伴们几乎也到齐了，都兴高采烈地喝起了酒。

我对陌生人说：“这么多卓玛都不是你要找的卓玛，那怎么办啊？”

陌生人也显得有点失落，说：“你知道已经来了多少个卓玛吗？”

我看见周围全是卓玛，就说：“我不知道，我得数数。”

我数了几次，但每次数到十就数不下去了。我意识到自己有点醉了。

我就请一个高中毕业生来数。他是一个刚满二十岁的小伙子，一直想上大学，考了好几次都没考上。他从小不喝酒，他是我们这里最清醒的人。他的家里给了他最后一次考大学的机会，他也承诺如果今年考不上，就老老实实地待在家里，永远不去想什么上大学的事。

他很快就数了一遍。他说这里有十九个卓玛。

陌生人说：“不可能，你再数一遍。”

高中毕业生又数了一遍，有点生气地说：“没错，就是十九个，连这个都数不好，我今年怎么考大学？”

陌生人不说话了，看着我。

我实在想不起村里还有什么叫卓玛的女人了。

我也问了我那些喝酒的伙伴们，他们也说想不起来。

我又问那些叫卓玛的女人们，她们也说想不起来。

我继续喝酒。旁边的女人们絮絮叨叨着，我听不清她们在说什么。

陌生人突然说：“小卖部的那个售货员你们算了吗？”

高中生说：“没算，她不是我们这里的人。”

我也赶紧说：“她也算吗？她只是村长雇来的，不是我们这里的人。”

陌生人说：“算，怎么不算，只要她在这儿就算，还有这样的人吗？”

我想了想，很快说："没有。"

陌生人说："肯定还有一个。"

那些喝酒的小伙子们都说："没有，没有，真的没有再叫卓玛的女人了。"

那些叫卓玛的女人也围过来了，纷纷说："真的没有了，要有我们肯定知道。"

陌生人说："肯定还有一个，你们再仔细想想吧，要是想到了就给你们三百块钱。"

老卓玛有点兴奋地说："我知道了。"

大家一下子鸦雀无声了，看着老卓玛。

老卓玛故弄玄虚地笑了笑，不说话。

我有点着急地说："说吧，你快说吧。"

老卓玛这才说："是不是咱们寺院里供着的卓玛的塑像呢？"

大家笑了起来，陌生人也笑了起来。

老卓玛的脸一下子涨红了，说："你们笑什么？"

陌生人说："我要找的是活着的卓玛。"

老卓玛有点失望地说："那我就真的想不起来了。"

陌生人看着大家说："你们再想想，你们再想想，想出来了我给五百块。"

男人女人们又使劲想了想，然后说："没有了，真的没有了。你就是给一千块也想不出来了。"

陌生人显得有点失望，也有点失落。

我看着他的样子，心里有点怜悯他，想着该怎么安慰安慰他。

这时，我想到了我们的村长。

我问大伙儿："村长呢？咱们的村长呢？村长最清楚村里的情况了，问问他就知道了。"

大伙儿就在人群中找村长，但是没有找到。谁也不知道他去了哪里。

我安慰陌生人说："你不要伤心，村长肯定知道，要是有什么消息，我一定想办法通知你。"

陌生人有点感动的样子，说："你是个好人。"

然后又看着大伙儿说："你们都是好人。"

我看到大伙儿的脸上露出了笑。

然后，陌生人就进了小卖部。

我有点好奇，跟在了他的后面。

陌生人走到售货员卓玛跟前，说："麻烦给我拿三瓶酒。"

售货员卓玛问："什么酒？"

陌生人说："这里最好的酒。"

售货员卓玛说："五十块一瓶，可以吗？"

陌生人说："可以可以。"

售货员卓玛说："要几瓶？"

陌生人说："三瓶吧。"

售货员卓玛没验陌生人的钱是不是假钱，这让我有点不高兴。

我摸了摸我的口袋，那卷起来的五十块还在，想着还能买一瓶好酒，就没说什么。

陌生人买了酒准备离开时，售货员卓玛问："我一直等着一个人带我离开这儿，今天见到你我就觉得你就是要带我离开这儿的那个人。刚才来了那么多叫卓玛的女人，我还有点担心呢。我也不知道这个地方怎么就有那么多叫卓玛的女人。"

陌生人站住，看了看她，说："是吗？"

售货员卓玛说："你会带我离开这儿吗？"

陌生人说："你想走就走吧。"

售货员卓玛离开柜台，过来挽住了陌生人的手臂。

陌生人看见了我，就把手里的三瓶酒给了我，说："拿去给大伙儿喝吧，谢谢大家。"

售货员卓玛想起什么似的回到柜台那边，拿来一大包糖，给了我说："拿去给那些女人们吃吧。"

我拿着三瓶酒和一大包糖，不知道该说什么。

我们走出商店时，售货员卓玛锁上大门，把钥匙塞到我手里说："麻烦你把钥匙交给村长，就说我离开这里了，再也不回来了。"

我看着她，不知该说什么，有点失落。

她又说："差点忘了，告诉村长我拿了一包糖。"

然后她和陌生人就往前走了。人们好奇地看着他们离开。

看见我走过来，男人女人们七嘴八舌地问我："这个陌生人是不是找到他要找的卓玛了？"

我说："我也不知道，也许吧。"

男人女人们纷纷说："找到了就好，找到了就好。"

我提起三瓶酒对男人们说："这三瓶酒是陌生人买给咱们喝的，想喝的就过来喝吧。"

又提起那一大包糖对女人们说："这包糖是售货员卓玛买给女人们的，拿去吃吧。"

男人们开始抡起瓶子喝酒。

喝了酒后，每一个人都说："好酒好酒。"

女人把剥了皮的糖放进嘴里，眯缝着眼睛仔细地品尝着。

一个三十多岁的卓玛说："要是我被那样一个陌生人带走就好了。"

这时，人们看见村长慢吞吞地从远处的土路下来了。

到了那棵歪脖子树旁，过去把一条哈达系在了上面。

村长的脸上洋溢着幸福的喜悦。

大伙儿都看着村长。

村长说："大家伙儿快祝福我吧，我家儿媳昨晚生了个小孩，他们母子平安无事。"

大伙儿恍然大悟似的说："噢，原来是这样啊，恭喜恭喜。"

村长从兜里掏出一百块给我说："快去买瓶好酒和女人们爱吃的东西吧，我请客，大家高兴高兴。"

我从兜里掏出小卖部的钥匙说："售货员卓玛走了，她让我把钥匙交给你。"

村长皱起眉头说："什么？走了？"

我说："走了，跟着一个陌生人走了。"

村长说："真的走了吗？"

我说："真的走了，说再也不回来了。她还说她拿了一大包糖。”

村长在想着什么。

这时，老卓玛问村长：“生了个什么？”

村长说：“生了个女孩。”

老卓玛问：“叫个什么？”

村长说：“跟你一样，也叫卓玛。”

艺术家

挂在小喇嘛脖子上的收音机里传来报时的声音，说已经十二点了。

小喇嘛抬头看了看天上的太阳。太阳正好在头顶。阳光很刺眼，刺得他睁不开眼睛。

小喇嘛走过去对着还在磕长头的老喇嘛说：“师父，到你听收音机的时间了。”

老喇嘛就停下磕头，用一块石头做了一个记号，坐在了路边。

小喇嘛把收音机递给老喇嘛。

老喇嘛熟练地打开收音机，里面正在播格桑智巴说唱的《格萨尔王传》。格桑智巴凄美苍凉的声音在这空旷的野外显得更加凄美、更加苍凉。

小喇嘛在路边用牛粪燃起火烧茶。

收音机里《格萨尔王传》的说唱结束时，小喇嘛的茶也烧好了。

老喇嘛和小喇嘛就开始吃午饭。

他俩的午饭很简单，就是往茶里加一点酥油拌一碗糌粑，之后再嚼一点干肉。

每次吃完饭，老喇嘛就要给小喇嘛讲点什么。

小喇嘛给老喇嘛倒了一碗热茶。

老喇嘛一边喝茶一边在寻思着该讲点什么。

老喇嘛看见不远处有个白晃晃的东西被半埋在沙土中，发出一种神秘的光泽，就走过去捡起来看。

那是一个被风吹日晒得发白的牛头骷髅。

小喇嘛往火堆上添了几块牛粪问老喇嘛："师父，你手里拿的是什么呀？"

老喇嘛看着小喇嘛说："是一个牛头。"

小喇嘛一边拨火一边说："师父，您拿过来让我也看看吧。"

老喇嘛就拿着牛头走过来坐在火堆边说："你看着这牛头觉得害怕吗？"

小喇嘛若有所思地看着那牛头说："这有什么可怕的，不是我们那边每家每户墙上都有这么个东西吗？”

老喇嘛手上的牛头却闪着一种奇异的光泽，有几分神秘的味道。

老喇嘛笑了笑看着牛头说：“是是，这确实是没有什么可怕的。”

小喇嘛又往火堆上添了几块牛粪，说：“师父，今天你给我讲点什么呢？”

老喇嘛想了想，把牛头递给小喇嘛，说：“今天就给你讲一个关于牛头的故事吧。”

小喇嘛似乎来了兴致，连声说“好，好”。

老喇嘛便讲这个故事：“有一天，有个人来到了一个荒无人烟的地方，他觉得走累了就坐下来休息。他是一个烟鬼，一坐下来就要抽一会儿烟。正好在他坐下的地方有一个白晃晃的牛头骷髅。他点上烟，看着那个牛头。他看着看着觉得那个牛头有点好笑。周围荒凉一片，他觉得很寂寞，就和那牛头开起玩笑来。他猛吸了几口烟之后，将发烫的烟灰磕到了张开的牛嘴里，拿腔怪调地问：‘烫不烫啊？’没想从那牛头骷髅里发出了一声很怪异的、嘶哑的声音：‘很烫啊！’他看了看那牛头骷髅，吓得魂都没了，撒腿就跑，跑到很远之后才发现把烟具都丢那儿了，但他再也不敢回去取了。”

小喇嘛仔细地听，脸上带着微笑。

老喇嘛一口气把故事给讲完之后，看着小喇嘛故作玄虚地问：“听了这个故事你怕不怕？”

小喇嘛看着自己手里的牛头，摸了一下，笑着说：“要是在晚上我肯定怕得睡都睡不着了，但是在白天，听了这个故事还觉得有点好笑呢。”

老喇嘛笑了起来，说：“其实晚上也不用害怕，白天和晚上没有什么区别，一切都只不过是镜中的虚像。”

小喇嘛问：“什么是镜中的虚像？”

老喇嘛想了想说：“意思是说这个世界就像是从镜子中看到的物象，看起来很真，但其实那是虚的，不真实的。”

小喇嘛若有所思地点了点头，想着什么。

老喇嘛笑着说：“你就不要瞎点头了，这些你还不懂。”

小喇嘛也笑了说：“既然不懂我就不想了，有时候想这些问题想得我脑子都发痛。”

老喇嘛继续笑着说：“等你长大了，上了年纪有些事情不想也明白了。”

小喇嘛想了想说：“那我就等长大后自然地明白吧。”

老喇嘛从小喇嘛手里拿回那个牛头，从火堆里捡出一根木炭，在这个牛头的额头正中写上了六字真言的第一个字“嗡”。

之后，老喇嘛又闭目念了一段很长的经文。

小喇嘛也闭上眼睛也赶紧跟着念。

老喇嘛正在念经时，收音机里播出了一段新闻：“新华社消息，以色列和巴勒斯坦之间又发生严重冲突，造成至少十人伤亡，事态还在不断扩大之中……”

老喇嘛停下念经，睁开眼睛看着远处的什么地方自言自语似的说：“世事纷争，何时了断啊？”

小喇嘛赶紧睁开眼睛，看见师父在看着前方的什么地方，就以为师父在看远处的什么东西，他顺着师父看的方向看，但是远处空旷一片，什么也没有。

新闻之后，收音机里播出了一曲欢快的音乐。

老喇嘛叹了口气，关了收音机，说：“我该去磕头了，你休息一会儿再跟上来吧。”

小喇嘛“嗯”了一声。

老喇嘛回到刚才做过记号的地方，继续去磕他的头了。

小喇嘛看了一眼老喇嘛磕头，在火堆边躺下来睡觉。

小喇嘛很快就睡着了。他还断断续续地做了一些奇奇怪怪的梦。他想从梦中醒来却又没法醒来。他在梦里还想要是师父叫他一声他就能从这奇怪的梦中醒来了。但师父始终没有叫他，倒是一阵“突突”的马达声把他从梦里惊醒了。一醒来，他的胸口还有一点堵堵的感觉。但他往回想时，却怎么也记不起来自己刚才做过的那些个奇奇怪怪的梦到底是个什么样子。

小喇嘛坐起来，往那“突突”的马达声传来的方向看时，一台老式的“58 型”拖拉机正沿着那条土路向这边驶来。

拖拉机越来越近了。小喇嘛看见车上坐着几个表情怪异的人。

拖拉机从他身边“轰轰”地开了过去，车上的人用怪异的目光看着他们。

小喇嘛从来没有看见过这样的拖拉机，也用怪异的目光看拖拉机和拖拉机上的人。

拖拉机驶到前面老喇嘛磕头的地方停住了，马达声依然很刺耳地响着。

那几个表情怪异的人从车厢里跳下来，围住老喇嘛看。

其中一人指着老喇嘛，表情很严肃，用有点夸张又有点刺耳的声音对他的几个同伴说：“这才是伟大的艺术家啊，用身体丈量土地的博大，用身体和土地做最亲密的接触，用身体接近心中的圣殿！天底下还有比这更神圣和更伟大的行为艺术家吗？”

另外几人一边点头，一边用崇敬的目光看着老喇嘛。

小喇嘛看见那些人围住正在磕头的老喇嘛，就把收音机挂在脖子上跑了过去。

其中一个短头发、面容苍白的女的指着跑过来的小喇嘛说：“我觉得这个小喇嘛也很有意思，你们看见他挂在脖子上的收音机了吗？在这么一个蛮荒之地，他始终忘不了和现代文明世界保持高度密切的联系，这是一件多么有趣的事情啊，我觉得他也是一位了不起的行为艺术家，将来咱们写书一定要把他们给写进去。”

一个稍稍年轻一点的男的走过来问小喇嘛：“你

会不会讲汉语？”

小喇嘛看了看那男的说：“会一点。”

那男的说：“哇，太好了！”

那个短头发、面容苍白的女的走过来问：“那你会不会讲英文？”

小喇嘛说：“会一点。”

那女的说：“那你讲两句给我们听听。”

小喇嘛就有点炫耀似的念了几句“你几岁了”“我十三岁了”“谢谢你，欢迎你到西藏”之类的英文。

那女的有点兴奋，对旁边几个伙伴说：“我听说现在许多喇嘛都会讲英文，果然不错，你们看看他们是不是比咱们更时尚？”

其他几人也“啧啧”地惊叹不已。

之后，那几个人兴奋地围住小喇嘛说：“哇，太好了，你能听懂我们的话太好了！”

一个长发男对小喇嘛说：“我给你讲，你们——你和这位老喇嘛都是很伟大的艺术家，我们很敬佩你们。”

这时，老喇嘛停下了磕长头，看着小喇嘛问：“他说什么？”

小喇嘛说："我听不太懂他们在说什么。"

老喇嘛盘腿坐在路边好奇地看着这些奇奇怪怪的人。

小喇嘛也好奇地看着他们。

那个长发男很认真地对小喇嘛说："你告诉老喇嘛，我们这些人也跟你们一样是伟大的艺术家。"

小喇嘛的表情有点茫然，问那个长发男："我想问一下，艺术家是什么意思？"

长发男有点生气地说："怎么，弄了半天你连艺术家是个什么东西也不知道啊？"

小喇嘛摇了摇头。

长发男说："那你的师父听懂了吗？"

小喇嘛还是摇了摇头，看了一眼老喇嘛。

长发男说："哎，怎么跟你说呢？艺术家就是——"

小喇嘛等着长发男继续解释什么是艺术家。

长发男使劲想了想，表情很痛苦地说："怎么跟你说呢，所谓的艺术家就是，就是那些个搞艺术的人。"

长发男松了一口气，看着小喇嘛说："这下知道什么叫艺术家了吧？"

小喇嘛还是一脸迷茫，摇了摇头。

长发男叹了一口气，也不再解释什么是艺术家了，干脆对着老喇嘛说："准确地说我们跟你们一样是行为艺术家，我们想完成一项伟大的行为艺术活动，我们需要像你们这样磕着长头去拉萨的朝圣者的帮助，我们沿途找了很久才找到了你们，现在确实很难找到像你们这样磕着长头去拉萨的朝圣者了！你们可以帮助我们完成这项伟大的艺术活动吗？"

老喇嘛莫名其妙地看看长发男，又看看小喇嘛。

小喇嘛赶紧把大意翻译给老喇嘛听。

老喇嘛想了想后问："什么帮助？"

小喇嘛也疑惑地用汉语问那长发男："你们需要我们什么样的帮助？"

长发男有点兴奋地说："我们想用一种媒介方式把圣地拉萨和首都北京紧紧地联结在一起，这种媒介方式就是你们藏族表示最高礼节的哈达。我们的拖拉机里有很多很多的哈达，你们看见路边那些电线杆子了吧，你们只要在每一条哈达上写上藏文的六字真言，再把它们连接起来，顺着电线杆子一直拉到你们朝圣的目的地拉萨就行了。同时，我们也会找一个从拉萨徒步返回的内地大学生在每一条哈达上写上‘我爱北京天安门’，连起来顺着电线杆子从拉萨往北京的方向拉，这样再过几个月，我们的哈达就能把封闭的拉萨跟开放的北京紧紧地连接起来了，它的意义绝不亚于将来要通到拉萨的青藏铁路。”

小喇嘛半张着嘴巴，使劲想了想，说：“这样做是什么意思？”

长发男十分深沉地说：“这就是行为艺术，这下你懂了吧。”

小喇嘛将长发男的话大概翻译给老喇嘛听。

老喇嘛听了之后不解地看着长发男。

长发男继续说：“你们这样做不是无偿的付出，这样做是有报酬的，你们每拉起一条哈达就可以拿到一块钱，我们专门有人全程跟踪你们送哈达、拍电视，到时你们也会很出名的！想想看，这是一件多么好的差事啊！”

小喇嘛把长发男的话翻译给老喇嘛听，小喇嘛一边翻译一边不知所措地看着老喇嘛。

老喇嘛站起来开始磕他的长头。

长发男等几个人从老喇嘛后面“咔嚓、咔嚓”

地拍老喇嘛磕头。

老喇嘛磕了三个头之后停顿了一下，回头用藏语说："哈达是用来献给佛的，不是用来献给电线杆子的。"

说完，又开始磕长头了。

长发男赶紧问小喇嘛："他说什么？老喇嘛在说什么？"

小男孩想了想把老喇嘛的话大概翻译给长发男听。

那个短发、脸色苍白的女的说："我操，说得很有哲理、很深刻啊！"

之后，又对旁边的一个戴眼镜的家伙说："赶紧，赶紧把这句话记下来，这句话说得太绝了！到时写书一定要把这句话用进去！"

戴眼镜的家伙赶紧拿出一个笔记本往上面记着什么。

小喇嘛以为那个女的生气了，在骂他们，赶紧跟上了老喇嘛。

长发男看着老喇嘛和小喇嘛的背影，深深地叹了一口气说："我还以为遇见了真正志同道合的伟大的艺术家，原来不是。"

长发男顿了顿之后又说：“他们也只不过是两个追求世俗声名的普通朝圣者。”

短发女说：“你得了吧你，这世上哪有那么多真正的伟大的艺术家！”

拖拉机从老喇嘛和小喇嘛身边轰隆隆地开走了。

老喇嘛和小喇嘛渐渐地走到了一处高地。

高地上很安静，除了老喇嘛磕长头和小喇嘛走路的声音，几乎听不到其他的声音。

一阵声浪从远处的地平线上传来，那是许多人念诵六字真言的声音。

紧接着地平线上出现了十几个朝圣者。他们风尘仆仆地向老喇嘛和小喇嘛走来。待走近之时，他们双手合十，向老喇嘛和小喇嘛问候致意。

老喇嘛也双手合十地问：“请问从这里到拉萨还要走多久？”

其中一个老者回答：“这样磕着长头，可能还需要两个多月的时间吧。”

老喇嘛和小喇嘛的脸上露出喜悦之色。

老喇嘛长长地叹了一口气，感慨道：“如果我不死在路上，两个月后就能向释迦牟尼佛磕头了。”

老者说："祝愿你们平安到达圣地拉萨。"

老喇嘛说："你们是比我们幸福的人，因为你们已经到过拉萨了，祝愿你们平平安安返回家里。"

那些朝圣者道过谢之后就念诵着六字真言往前走去了。

老喇嘛和小喇嘛定定地看着他们走远。

他们的背影越来越小，诵经声也越来越模糊了。

老喇嘛和小喇嘛依然站在那里，看着他们离去的方向。

突然，从天空中传来了一阵持续不断的轰轰巨响。

老喇嘛和小喇嘛一起抬头看向天空。天空中有一架飞机正往他们去的方向飞行着。

小喇嘛喊了起来："师父，看，你看，飞机，那肯定是飞往拉萨的飞机。"

老喇嘛看着那飞机，问："是吗？"

小喇嘛说："肯定是，每天有好几架飞机从各地飞往拉萨呢。"

飞机在天空中越来越小，快要消失了。

小喇嘛怅然若失地说："我们要是也在那架飞机里面该多好啊！"

老喇嘛问："飞机从北京飞拉萨需要多长时间啊？"

小喇嘛说："三四个小时就到了。"

老喇嘛说："啊？这么快啊，不会吧。"

小喇嘛说："肯定是，我听好几个人说了，那是飞机啊！"

过了一会儿，才传来老喇嘛的声音："那样去拉萨也太快了，没什么意思。"

飞机在天空中越来越小，越来越小，最后什么也看不见了，也听不见什么声音。

老喇嘛继续磕他的长头。

小喇嘛看着正在磕长头的师父的背影说："嗡嘛呢叭咪哄，坐飞机去拉萨确实是有点快了啊。"

八只羊

甲洛几乎每天都要到这里放羊。

甲洛大概十二三岁的样子，穿着一件小皮袄，头发有点蓬乱，憨憨的，很可爱。那件小皮袄是去年过年时阿妈给他缝的，现在有些小了，也有点旧了，但是甲洛还是喜欢穿着它。甚至在夏天最热的时候，他也穿了很长一段时间。有些放羊的小孩问他是不是没有夏天的衣服穿，他也不说什么。他不是没有夏天的衣服可以穿，他有几件很好的夏天的衣服，他也很喜欢那些衣服。只不过这件小皮袄是阿妈亲手为他缝的。阿妈在春天时突然去世了，所以他舍不得脱下小皮袄。他穿着小皮袄就觉得阿妈就在自己的身边。但是后来他还是换了衣服，穿上了他夏天最喜欢穿的那件牛仔衣。他把那件小皮袄藏在了箱子里，他知道今年过年就不会有人给他缝小皮袄了。现在，天又渐渐地冷了，他又穿上了它。他觉得这件小皮袄他可以穿几年。

正午的阳光很暖和，照着金黄色的草地，羊群也在草丛间懒洋洋地吃草。

每天这个时候，甲洛嘴里总是嚼着什么东西。他嘴里嚼着的是牦牛肉干，阿妈在世时每天都会放一些牛肉干到他的包里，让他随时吃。现在他也习惯每天带一些牛肉干了。但是他不会随时随地吃牛肉干，他喜欢按时吃。每当太阳在他头顶，光线直直地照射下来，自己的影子只有很小的一团时，他才拿出牛肉干来吃。

吃完之后，他就会习惯性地喝一口水壶里的水。之后，又会仰面躺一会儿。有时候，他会故意盯着正午的太阳看，阳光刺得他眼睛发疼，他也不躲开。吃完午饭，会有一阵困意袭来。所以有时候他也会睡着，但阿妈总是嘱咐他不要在草地上睡，并且吓唬他小孩睡着时虫子会从耳朵钻进去吃了脑髓。阿妈还给他讲了一个故事。故事里说，从前有一个贫苦的牧羊少年，每天要带着他的牧羊狗去山上放羊。他在放羊时喜欢睡觉。有一天放羊回家后，耳朵里疼痛不已，做什么也没用。半夜他听见两个声音在说着什么，就好奇地张大眼睛看。他看见自己的牧羊狗正和猫在聊天。猫说："看着主人这么痛苦，我心里很难受啊。"狗说："主人平时待咱们不错，我心里也难受啊。"猫说："难道就没有什么办法治好主人的病吗？"狗说："其实，主人得的不是什么大病，主人在山上睡着时几只虫子钻进了主人的耳朵。那些虫子在里面吃脑髓时，头就会很痛。"猫说："那就没有什么办法可以治好吗？"狗说："治疗的方法其实很简单，只要在屋里撒一些水，生一盆火，在耳朵边上敲鼓，那些虫子以为是春天的雷声就会钻出来，把他们一个一个掐死就没事了。只可惜我们是动物不能把这些告诉主人啊。"猫说："是啊，但愿主人早日康复。"牧羊少年赶紧按牧羊狗说的做了，果然治好了自己的病。甲洛想起这个故事就很高兴，因为这是阿妈讲的。对这个故事甲洛半信半疑，但心里又有一些害怕。除了困得不行会睡一会儿之外，一般他不会在草地上睡觉。睡的时候也会用羊毛紧紧地把耳朵给塞起来的。

那阵困意过去之后，甲洛就喜欢出神地望着远处。其实，每天出现在他视野中的风景基本上都一样，但是他就像每天都会看到新的风景一样喜欢看着远处。

远处大概有几十只羊在吃草，不时传来“咩咩”的叫声。

甲洛看着远处的表情有点悲伤，又有点说不清的感觉。

近处的一些草已变得枯黄，在秋风吹动下萧瑟一片。

几只小羊羔时不时在羊群和草丛中穿行。

甲洛微微动了动身体，脸上的表情又有了新的变化。

一只小羊羔颤巍巍地在他前面的草地上晃了晃，看了他几眼，又跑回羊群里去了。有一只母羊似乎是小羊羔的妈妈，过来闻了一下小羊羔的尾巴。小羊羔钻到母羊的肚子底下准备吃奶时，那只母羊又扔下小羊羔跑了。

甲洛脸上的表情起了变化，紧盯着看。

小羊羔“咩咩”地叫了几声，那只母羊又回来了。它闻了闻小羊羔的头，主动让小羊羔吃奶了。

甲洛的脸上显出了笑容。

一阵窸窸窣窣的声音从甲洛的左侧传来，也惊动了草丛里的几只羊，它们马上跑开了。

甲洛顺着声音向左边侧脸望去。

一只野兔从草丛中穿了过去，一晃就不见了。

野兔穿过的地方，草在轻轻地晃动着，那几只羊也停下来惊悸地看着野兔消失的地方。

甲洛看着那些羊，又拿出一块干肉，撕了一块放进嘴里嚼了起来。

甲洛又看另外一侧。这一侧的草地上有些羊趴着，有些羊站着，它们好像都吃饱了。

其中一只小羊缓缓地走过来闻他手上的牛肉干，显出想吃的样子。

甲洛用手掌拍了一下它的嘴巴说："你不能吃这个，这个不好吃。"

那只小羊像是听懂了他的话，又缓缓地回去了。

甲洛把剩下的肉放进嘴里，嚼了起来。

一阵脚步声在草丛中由远而近地传来。

甲洛很不情愿地侧脸去望。

脚步声是从铁丝栅栏外边的草场传来的。铁丝栅栏外边的草场不属于甲洛，他只能在自己的草场里放羊。自从几年前把草场分给各家各户之后，广阔的大草原就被铁丝栅栏分割得七零八落了，每家每户把自家的草场用铁丝栅栏围起来，不让别人家的牲畜进来。

脚步声虽然越来越近，甲洛还是没有看到什么。

甲洛就站起来看。这下他看见从草场外的斜坡上缓缓地走来了一个人。

那人戴顶宽檐礼帽，脸被遮着，看不清楚，但能看清他背着一个很大的包裹。

那个人似乎勾起了甲洛的兴趣，他停止嚼嘴里的牛肉干，专注地看那人走过来。那人的身影显得有点疲惫，但还是有着强壮的体格。

那人一直不抬头。甲洛有点奇怪。他在自己的记忆里搜寻与正在走近的那个人相似的身影，但是在他认识的人里面没有这样的身影，于是他就使劲地往那个方向看。

那个人终于走近铁丝栅栏，取下头上的宽檐礼帽，一下子抬起了头。这让甲洛很吃惊，原来那人是个金发碧眼的老外。甲洛从来没有亲眼见过一个老外。以前只是在电视里见到过这些金发碧眼的家伙。今天突然见到一个，让他感到有些惶恐不安。

那只正在吃奶的小羊羔也停了下来，用新奇的眼神看着这个老外。

甲洛下意识地停止嚼嘴里的牛肉干，惊奇地张了张嘴巴，没有说出话来。

老外用英语打了个招呼，友好地笑了笑。

甲洛还是惊奇地张着嘴巴。

老外翻过铁丝栅栏走了过来。

老外走到甲洛身边就停下了，伸出手用很生硬的藏语说：“你好！”

甲洛更加惊奇地张大了嘴巴，没有说话。

老外仍然用生硬的藏语说：“你好！”

过了一会儿甲洛才吐出嘴里的牛肉干，看着老外说：“你好！”

老外的脸上一下子露出很友好的笑。

正午的阳光还是直直地照射下来，有点刺目。

甲洛像是突然想到什么似的低下头看老外的影子。他看到老外的影子的大小几乎和自己的差不多，就觉得有些放心了，突然间露出了笑容。

看到甲洛脸上的笑，老外的脸上也马上露出了笑。

看到老外脸上的笑，甲洛觉得跟平时自己见到的笑容有些不一样，就好奇地问："你从哪里来？"

老外耸了耸肩膀，摊着手用英语说："很抱歉，我只会这一句藏语。"

看着甲洛的脸上没有反应，又用不太熟练的汉语说了上面的话。

甲洛还是一脸茫然的样子。

老外接着用汉语问："你不会讲汉语吗？"

甲洛还是一脸茫然的样子。

老外有点失望地耸了耸肩膀说："看来你不会。"

说完，老外取下肩上的大旅行包，坐在了甲洛旁边。

甲洛警惕地看着他接下来会做什么。

老外只是坐在他的旁边，一会儿看看他，一会儿又看看在草丛中吃草的羊。

看着老外这么近地坐在自己旁边，甲洛更好奇了。他仔细盯着老外的脸看了一会儿之后再次用藏语问："你从哪里来？"

老外看着小甲洛，做了一个无可奈何的动作。

然后老外又看着前面的羊用英语说："你的羊真多啊。"

那只刚刚吃奶的小羊羔走到甲洛面前。它好像吃饱了，母羊追过来闻了闻就回去吃草了。

甲洛用爱怜的目光看了看，抱起了小羊羔。

老外也摸了摸小羊羔的头用英语说：“在大草原见到一个人真好啊！”

甲洛以为是在说他的小羊羔，就点了点头。

老外有些兴奋地说：“你听懂我说的意思了吗？”

甲洛又疑惑地摇了摇头。

老外也有些失望地摇了摇头。

甲洛开始逗那只小羊羔玩儿。玩儿了一会儿，小羊羔有些不耐烦地走了。

老外看着小羊羔走了，像是自言自语似的用英语夹杂着几个汉语单词说：“我到这边已经一年多了，我在一所大学学习汉语，我已经能说能看一些东西了。我对西藏文化很感兴趣。”

小甲洛看着老外说了那么多，不知道该怎么办，就从口袋里拿出一块牛肉干，放进嘴里，开始嚼了起来。

老外看了看甲洛，用英语说：“能跟人说说话真好啊！”

甲洛看着老外干裂的嘴唇，从怀里拿出一块牛肉干，递过去用藏语说：“吃。”

老外一下子明白了甲洛的意思，接过牛肉干，用感激的目光看着小男孩，放进嘴里，慢慢地嚼了起来。

嚼了一会儿，老外竖起一根大拇指用汉语说：“很好吃。”

看着老外竖起了大拇指，甲洛也知道了是在夸自己，脸上露出了笑容。

老外咽下一块干肉，取下手腕上的电子表，拿到甲洛面前用英语说：“见过这东西吧？”

甲洛像是听懂了似的点了点头。

老外立刻兴奋起来，指着电子表继续用英语说：“你看今天是二十八号，我来到大草原已经二十多天了。”

甲洛又像是听懂了似的点了点头。

老外更加兴奋，继续用英语说：“能跟人说话真是很好啊！”

稍微停顿了一会儿之后，老外用比较严肃的语气说：“我想了解西藏文化，就一个人来到了藏区，我想先实地感受一下，再作深入的研究。”

说完看了看甲洛的脸。

甲洛一脸茫然的表情，又开始嚼起了东西。

老外也显出很无奈的表情，他想了想，从旅行包里拿出一本书打开了。

老外指着上面的自由女神像用汉语说：“我是一个美国人，这就是那个著名的自由女神。”

说完又看甲洛的脸。

甲洛看了一会儿那上面的自由女神像，一副若有所思的样子之后，又恢复成了一脸茫然的表情，继续嚼东西。

老外翻到另一页，那上面是高楼林立的纽约城，老外指着上面用英语说：“这就是我的家乡纽约，别人说这里是人间天堂，但是我不喜欢这里，我实在受不了在那儿的生活，我喜欢这儿宽阔的草原，纯净的蓝天，我认为生活总是在别处。”

说到这儿又停下来看小男孩的脸。

甲洛看了看书上的纽约，还是一脸茫然的表情。

老外的语气有点忧伤地说：“我知道你没有听懂我的话，你没听懂也没什么关系，其实这些都是我自己说给自己听的。”

甲洛似乎不再理睬他说什么了，自己嚼着东西。

老外像是突然想起什么似的指着自己上衣的胸

口用英语说："这个你知道吗？"

甲洛凑过去看，看见老外的胸口别着一枚布达拉宫的纪念章。

老外再次问："布达拉，你知道吗？"

甲洛点了点头，咽下嘴里的东西，高兴地说："这是布达拉。"

老外也高兴地说："这下你知道我在说什么了。"

甲洛仔细地看着那个纪念章，很喜欢的样子。甲洛家里就挂着一幅很大的布达拉宫的画，阿妈经常说那是她最向往的地方，这辈子一定要去那里朝圣，但是她还没来得及去那里，就离开了人世。阿妈死后，甲洛的心里一直在为阿妈惋惜呢。甲洛本来要把这些事讲给这个老外听，但想想还是算了，他担心说了他也听不懂。

一阵羊叫声打断了甲洛的思绪。他循着羊叫声望过去，看见前面的草坪上一只母羊正在艰难地产羊羔。

甲洛放下手中的小羊羔走了过去。

母羊侧卧在草地上，一只小羊羔的头已经露了出来。

甲洛坐在母羊旁边很老练地帮助母羊生产。

老外也走过来看母羊生产。他看着母羊很痛苦地挣扎着，似乎有些不忍心的样子，也围过来跃跃欲试地想帮甲洛做些什么，但始终没能插上手。

小羊羔终于生下来了，羊水洒了一地，身上被一层黏糊糊的东西包裹着。

母羊颤巍巍地站起来，爱怜地用舌头舔小羊羔身上那层黏糊糊的东西。

小羊羔在地上挣扎着，几次想颤巍巍地站起来，但没能如愿。

甲洛高兴地对着老外说："过一会儿它就能站起来了。"

老外没听懂是什么意思，但还是对着甲洛笑了笑。

甲洛用地上的干草把手擦干净了，起身回到了原来坐的地方。

一只黑头小羊羔跑到了甲洛前面，甲洛把小羊羔抱在了怀里。

老外看了一会儿那个刚刚生下的小羊羔，也走过来坐在甲洛旁边。

甲洛又从怀里拿出一块牛肉干，递给了老外。

老外看见甲洛的表情和刚才不一样了，显得很忧伤，但他还是接过牛肉干，感激地点了点头，嚼了起来。

老外嚼了一会儿之后，竖起大拇指高兴地用汉语说："味道很好，你也很好。"

这时，老外看到甲洛流出了眼泪。

老外马上用汉语问："你怎么了？"

甲洛看了看老外说："我的羊群马上就满一百只了，但是昨晚上几只狼冲破铁丝栅栏，跳进我的羊群里咬死了八只羊。"

老外看着甲洛流泪、说话，一脸惊奇的表情。

甲洛流着泪继续说："养够一百只羊是我和阿妈今年的愿望，但是昨晚上那些狠心的狼就咬死了八只羊。"

老外像是突然明白了什么似的用英语说："我知道了，你肯定是遇到了什么伤心的事，是不是？"

甲洛没有理会老外的话，流着泪继续说："我怀里这只黑头小羊羔的妈妈也被咬死了，它好可怜啊。"

老外为了安慰甲洛用开玩笑的语气说："你肯定是看上了什么小女孩，人家不理你了吧？"

看见老外脸上的表情，小男孩也笑了，说："不过也不要紧，刚刚不是又产了一只小羊羔了吗？这样明年就能凑够一百只了。”

看见甲洛笑了，老外以为自己的话起了作用，就高兴地说：“我说对了吧，你肯定是好听的话说得太少了，对小女孩要多说好听的话，这样她才会高兴。”

这时，一阵摩托车的声音远远地传来。

甲洛和老外回过头去望，几只羊也停下吃草，回头张望。

看不见的土路的上方扬起了一阵尘土，摩托车的声音也越来越近。过了一会儿，草丛间出现了一个骑摩托车的人，正沿着土路往这边驶来。摩托车后面卷起的尘土也越来越多了。

甲洛、老外，还有那几只羊一直在看着摩托车驶近。

摩托车终于到了铁丝栅栏边，在路边的那块草地上停下了。

骑在摩托车上的是个穿皮袍的中年男人，他支好摩托车后冲着甲洛问：“你旁边的人是谁呀？”

甲洛说：“不知道，是个黄毛的外国人，以前只是在电视上见过，现在坐在自己身边，觉得很奇怪。”

穿皮袍的中年男人说：“这些黄毛可要多加提防啊，不知怎么回事，这几年草原上的外国人也多了起来。”

甲洛若有所思地点了点头，看老外的脸。

老外友好地微笑着跟穿皮袍的中年男人打招呼，用藏语喊出了“你好”。

穿皮袍的中年男人很惊奇地看着老外说：“这家伙还会说藏语。”

甲洛看了看老外的脸说：“他好像就只会说这一句。”

穿皮袍的中年男人收起脸上惊奇的表情，笑了笑说：“那就好，我还担心他听懂了咱俩刚才说的话呢。”

甲洛肯定地说：“他听不懂。”

穿皮袍的中年男人从搭在摩托车上的褡裢里取出一卷被绳子捆好的报纸对甲洛说：“你们村长在家吧？”

甲洛站起来走过去说：“在家，今天早晨我去汇报我的羊群昨晚被狼袭击的事情，还看到他了呐。”

穿皮袍的中年男人说：“哎，这几天总是发生狼袭击羊群的事情，以后要多加注意啊。死了几只羊？”

甲洛的语气一下子变得忧伤了，说：“八只。”

穿皮袍的中年男人不太在乎地说：“八只不算多，去年我一个朋友家里的羊被咬死了三十多只呢。那些狼也真坏，把羊一口一口咬死，也不吃一口就跑了。”

甲洛的脸上又挤出了一丝笑容，说：“今天开始我要天天跟着羊群，这样就不会有事了。”

说着回头指了指刚刚产下的那只小羊羔说：“刚刚又产了一只小羊羔。”

穿皮袍的中年男人也顺着甲洛指的方向看。那只刚刚产下的小羊羔正在挣扎着试图要站起来。

穿皮袍的中年男人脸上露出笑说：“长大了肯定是只好羊。”

甲洛听到这话很高兴。

穿皮袍的中年男人把报纸扔到甲洛面前说：“这报纸半月才送一次，你一定要交给你们村长，这上面有很多新闻。”

甲洛认真地说：“你放心吧，我一定会交到他手上的。”

老外一直看着他俩交谈。看到穿皮袍的中年男人要走了，像是突然想起什么似的走过来问：“你会不会说汉语？”

穿皮袍的中年男人怔了一下，但马上又用不太标准的汉语普通话说：“我不会说汉语。”

老外惊愕地说：“你刚才不是说汉语了吗？”

穿皮袍的中年男人顿了顿又用汉语说：“我只会说这么一句。”

老外没再说什么。

穿皮袍的中年男人用藏语对着甲洛和老外说了声“再见”，就发动摩托车沿着土路走了。他的后面又扬起了一层尘土。

那一捆报纸在甲洛和老外之间。他俩目送那个穿皮袍的中年男人离去。

穿皮袍的中年男人终于消失在草丛中间，摩托车的声音也渐渐听不见了。这时，后面传来了“咩咩”的羊叫声。

甲洛回头看时，那只小羊羔已经能站起来了，但老是站不稳，晃动几下之后又倒下了。

甲洛似乎听到了什么声音，回过头时发现老外正盯着报纸的某个位置看。

甲洛也顺着老外的目光看那报纸。报纸上的一张黑白照片特别醒目，引起了甲洛的注意。画面上一架飞机正要撞向一座摩天大楼，大楼四周浓烟滚滚。那张照片的下面是很多密密麻麻的汉字。

甲洛看不明白是什么就抬起头来。他看见老外对着那张照片已经泪流满面了。

老外的目光又从照片上移到了甲洛的脸上。老外依然泪流满面，说不出话来。

甲洛不知所措地看了一会儿老外之后，安慰他说："你肯定是遇到了什么不好的事吧，不要再哭了。"

老外用英语说："我的家乡在这个月的十一号发生了一件非常可怕的事情，我的许多亲人就在那里生活，而我却一点儿也不知道！"

老外说完眼泪就毫无顾忌地流下来了。

看到这个样子，甲洛不知该说什么好了。

老外一下子抱住甲洛大声地哭了起来。

被老外一下子抱住，开始甲洛有点紧张，但慢慢就适应了，任由老外大声地哭。

甲洛的后面又传来了几声小羊羔的叫声，就回头去看。

那只小羊羔已经完全站起来了，正晃动尾巴在母羊身上找奶子。

甲洛推了几下老外，老外还是在哭。甲洛又使劲推了一下老外。

这次，老外抬起了头。甲洛指了指小羊羔，让老外看。

这时，那只小羊羔已找到了母羊的奶子，正跪在地上摇着尾巴吃奶。

老外停住哭泣，怔怔地看着。

一会儿之后，老外站了起来，背起了旅行包。

他看着甲洛用英语说："我现在得马上回去，我需要回去和我的家人在一起。"

说着老外戴上那顶宽檐礼帽，翻过了铁丝栅栏。

甲洛失神地看着他的背影离去。

老外走出几步时，甲洛突然用藏语说："你好。"

老外停下脚步回头看。

甲洛走到铁丝栅栏边，从怀里掏出一塑料袋牦牛肉干，说："拿着路上吃。"

老外像是听懂了甲洛的话，走过来接过牛肉干，从帽檐底下看了一会儿甲洛的脸说："我还会回来的。"

老外回头走了几步又返回来站在甲洛面前。

他从外衣胸口取下那枚布达拉宫纪念章，递给了甲洛。

甲洛犹豫了一下接过那枚纪念章，仔细地看着，很喜欢的样子。

老外看着甲洛没再说什么。

甲洛只是看了看老外的脸，没有说话。老外的眼睛被那顶宽檐礼帽遮住了，几乎看不到。

老外拍了拍甲洛的肩膀就走了，鞋子的声音很响，一直到他完全消失在草丛间还在响着。

甲洛出神地望着老外离去的方向，待那声音完全在草丛间消失之后，他猛地抬头看了一眼头顶的太阳。正午的阳光依然直直地照射下来，刺得他眼睛发疼，但是他强忍住没有闭眼，眼前白花花一片什么也看不见了，他感到了一种深深的惶恐。

这时，在甲洛的身后，突然间响起了此起彼伏的羊叫声。

塔洛

塔洛平常都扎着根小辫子，那根小辫子总是在他的后脑勺上晃来晃去的，很扎眼。时间长了，人们就给他起了个外号叫“小辫子”，甚至都忘了他原来叫什么名字。

年初，乡派出所的来村里登记换身份证，召集村民开大会，所长叫了半天“塔洛”也没人答应，就问村长：“你们村里没有一个叫‘塔洛’的人吗？”

村长想了想说：“我们村里好像没有这样一个人。”

所长严肃地说：“你不能说好像，你必须要确认你们村里有没有这样一个人。”

村长想了半天还是想不起有这样一个人，就说：

“如今我们村里有几百号人，我都记不大清了。”

所长看着他问：“那你是怎么当这个村长的？”

村长有些生气，说：“当村长也不是让我去记住所有人的名字的，我的任务是带领全村人脱贫致富。再说我们村里的那些个婆娘们一个接一个地生，也不怕罚款什么的，光这两天就生了五六个，你说我怎么能记得住那么多人的名字，好多都还没取名字呢。”

所长笑着说：“你作为村长你就应该记住你们村里人的名字。”

村长瞪着眼说：“那你能记住在你们派出所登记的所有人的名字吗？”

所长说：“这个不一样，你是一村之长。”

村长说：“那你是一所之长。”

所长笑了，说：“既然你也不知道，那我就把这个名字给划掉了，到时到城里不让住旅馆了可不要怪我啊。”

村长也笑了，挥手让会计过来，问：“咱们村有个叫塔洛的人吗？”

会计是个中年人，想了半天也没想出来。

会计看见村长和所长在等着他回答，就叫来了一社的社长。

会计问社长：“你知道咱们村有个叫塔洛的人吗？”

社长想了半天突然笑起来说：“有啊，怎么没有？就是小辫子啊！”

村长和会计都笑了，说：“是，是，就是小辫子，塔洛就是小辫子，小辫子就是塔洛，都是一个人，你看差点都给忘了。”

所长用疑惑的眼神看着他们。

村长赶紧解释说：“‘小辫子’是塔洛的外号，因为都叫惯了他的外号，倒把他的真名给忘了，你看这事情弄的。”

所长问：“那他人呢？”

村长说：“噢，是这样的，他是个孤儿，也没人管，好多年前就承包了村里几户人家的羊，一个人到山上放羊去了。也不知是谁给起的这样一个外号，从他十几岁时我们就都这样叫了。”

所长说：“办身份证必须得本人来照相，你们得想办法把他叫来啊。”

村长问：“今天照吗？”

所长说：“今天照不了，必须得到乡上指定的地方照。”

村长说：“那我过两天想办法让他下山去乡上吧。”

大概过了十天，塔洛才到了乡派出所。

所长看了看塔洛后脑勺上被一根红线扎着的头发，问：“你就是小辫子吧？”

塔洛有点惊奇，看着所长的脸问：“你怎么知道的？”

所长笑了笑说：“我们当警察的，肯定是比别人知道多一些的。”

塔洛有点钦佩地说：“难怪有些坏人被你们抓到了。”

所长呵呵地笑着说：“你的意思是有些坏人没被我们抓到吗？”

塔洛说：“没抓到。前年我的三只母羊和九只羊羔被人偷了，你们就没抓到。”

所长问：“你报案了吗？”

塔洛说：“当然报了，我是托村长报的。”

所长说：“村长忙，可能是忘了。”

塔洛说：“也许吧。不过村长后来信誓旦旦地说他给你们报过案了。”

所长说：“丢几只羊这样的事太多了。”

塔洛说：“不过去年小偷偷了我的十二只羊，过了一个月就被你们抓住了，你们还是很厉害的。”

所长呵呵地笑着说：“丢的羊多了我们就得管啊。”

塔洛一脸钦佩地说：“被小偷偷了一个月了还能找得到，你们真是了不起。”

所长还是呵呵地笑，看见塔洛一脸钦佩就装作谦逊的样子说：“应该的，为人民服务嘛。”

塔洛也笑了，说：“这句话我知道，是毛主席说的，小时候上学时学过。”

所长不由地打量起塔洛来，说：“你还上过学？”

塔洛一脸认真地说：“上过，怎么没上过，我上过小学，我的学习成绩还不错呢，我还背过为人民服务这篇课文呢。”

所长说：“是吗？那你还记得吗？”

塔洛说：“当然记得，只要是我背过的东西我就全记得，不会忘。”

所长说：“那你背背看。”

塔洛稍稍想了想，就滔滔不绝地背了起来：

为人民服务，一九四四年九月八日，毛泽东。我们的共产党和共产党所领导的八路军、新四军，是革命的队伍。我们这个队伍完全是为着解放人民的，是彻底地为人民的利益工作的。张思德同志就是我们这个队伍中的一个同志。

人总是要死的，但死的意义有不同。中国古时候有个文学家叫做司马迁的说过："人固有一死，或重于泰山，或轻于鸿毛。"为人民利益而死，就比泰山还重；替法西斯卖力，替剥削人民和压迫人民的人去死，就比鸿毛还轻。张思德同志是为人民利益而死的，他的死是比泰山还要重的。

因为我们是为人民服务的，所以，我们如果有缺点，就不怕别人批评指出。不管是什么人，谁向我们指出都行。只要你说得对，我们就改正。你说的办法对人民有好处，我们就照你的办。"精兵简政"这一条意见，就是党外人士李鼎铭先生提出来的；他提得好，对人民有好处，我们就采用了。只要我们为人民的利益坚持好的，为人民的利益改正错的，我们这个队伍就一定会兴旺起来。

我们都是来自五湖四海，为了一个共同的革命目标，走到一起来了。我们还要和全国大多数人民走这一条路。我们今天已经领导着有九千一百万人口的根据地，但是还不够，还要更大些，才能取得全民族的解放。我们的同志在困难的时候，要看到成绩，要看到光明，要提高我们的勇气。中国人民正在受难，我们有责任解救他们，我们要努力奋斗。要奋斗就会有牺牲，死人的事是经常发生的。但是我们想到人民的利益，想到大多数人民的痛苦，我们为人民而死，就是死得其所。不过，我们应当尽量地减少那些不必要的牺牲。我们的干部要关心每一个战士，一切革命队伍的人都要互相关心，互相爱护，互相帮助。

今后我们的队伍里，不管死了谁，不管是炊事员，是战士，只要他是做过一些有益的工作的，我们都要给他送葬，开追悼会。这要成为一个制度。这个方法也要介绍到老百姓那里去。村上的人死了，开个追悼会。用这样的方法，寄托我们的哀思，使整个人民团结起来。

塔洛一口气整个地背完这篇文章时，看见所长张大了嘴巴看着他的脸。

塔洛说："怎么样，我背的没错吧。"

所长脸上的表情这才恢复了常态，说："没想到你是个天才啊！"

塔洛却不以为然地说："我就是记忆力比别人好一点。"

所长问："你是什么时候背的这篇课文？"

塔洛说："十四岁，上小学的时候。那时候我们学的课文基本上都是毛主席语录，我还会背很多毛主席语录呢。"

所长说："你真是厉害，你现在多大？"

塔洛说："二十九岁。"

所长"啧啧"地赞叹着说："我有你这样的记忆力，我早就上大学了。"

塔洛说："我上了小学就没再继续上。我的父母早死了，我的亲戚不管我了。他们说你的记忆力好，就承包村里几户人家的羊放羊去吧，好好记住每一只羊的颜色和样子，不要弄丢了就有口饭吃了。我没有办法就去山上放羊了。刚开始时我有一百三十六只羊，第二年增加了十六只，第三年增加了四十七只，第四年增加了十一只，那年发生了一场雪灾，死了很多羊羔，哎，反正每年都在增加，没有减少过，现在增加到了三百七十五只，其中有二百零九只白羊，七十一只黑羊，九十五只花羊，一百三十四只有角，二百四十一只没有角。”

这时候，所长又张大了嘴巴看着他，过了一会才说：“可惜了，可惜了，你真是太可惜了。”

塔洛又说：“我觉得我替别人放羊也是为人民服务，虽然他们每年也给我十几只羊，也给我一点钱。”

所长赶紧点头说：“是是，那是，当然是了。”

塔洛说：“我喜欢毛主席说的‘人固有一死，或重于泰山，或轻于鸿毛’这句话。”

所长的表情又恢复了正常，说：“你看你虽然背得很好，但还是没有学好这篇课文吧？这句话不是毛主席说的，是司马迁说的，司马迁是个伟大的文学家。”

塔洛说：“是吗？那毛主席和司马迁是什么关系？”

所长笑了，说：“没有什么关系，司马迁是古代的人，毛主席是现在的人，他们没什么关系。”

塔洛有些不解地问：“那这句话呢——‘为人民

利益而死，就比泰山还重；替法西斯卖力，替剥削人民和压迫人民的人去死，就比鸿毛还轻。张思德同志是为人民利益而死的，他的死是比泰山还要重的。’这句话是毛主席说的吧？”

所长说：“这是毛主席说的，没错。”

塔洛说：“那这两句话怎么这么像呢？”

所长说：“说的都是一样的意思。”

塔洛说：“那我为我们村里的人放羊，如果死了也会像张思德一样比泰山还要重吗？”

所长说：“是，你如果死了也肯定像张思德一样重于泰山的，不过你离死还早着呢。但我可以看出你是一个好人，一个张思德一样的好人。”

塔洛问：“你怎么看出了我是一个张思德一样的好人？”

所长说：“谁是好人谁是坏人，我们一眼就能看出来。我们当警察的，这点本事还是有的。”

塔洛问：“你真得给我说说你们是怎么看出好人和坏人的。”

所长神秘地笑着说：“这可不能说，我们就是靠这个吃饭的。”

塔洛显出一点失望的样子，目光中又流露出了一些钦佩。

所长再次感叹道："你的记忆力真是很好啊！"

塔洛这才记起什么似的说："我是来照相的，村长让我来的。"

所长斜眼瞪着他说："你怎么才来啊，人家照相的早走了。"

塔洛说："村长昨天才派人来替我的，我今天就跑来了。"

所长说："那你只能到县上去照相了。"

塔洛说："不照不行吗？"

所长说："不行，要办身份证。"

塔洛问："身份证是什么？"

所长说："有了身份证，你去了城里，别人就知道你是谁了，就知道你是哪儿的人了。"

塔洛说："我自己知道我是谁不就行了吗？"

这时，所长记起了什么似的问："你叫什么来着？"

塔洛说："小辫子。"

所长说："我是问你的真名。"

塔洛想了想才说："塔洛。"

所长说："塔洛，噢，是，你今天去县城找德吉照相馆，里面有个女的也叫德吉，你就说派出所让来照相的就知道了。”

塔洛笑了笑说：“我这真名好像不是自己的名字似的，自己听着都有点别扭啊。”

所长看了看腕上的电子表说：“你就不要光顾着说话了，快去吧，还能赶上去县上的班车。”

塔洛坐着班车到了县上。

从班车上下来走到街上时，塔洛的心里有点慌乱。他看着来来往往、东奔西走的人，不知道自己该往哪里走。

他看到一个戴着红领巾的小学生过来了就赶紧问：“小朋友，你知道德吉照相馆在哪里吗？”

小学生看了看他的脸，又看了看他后脑勺上的小辫子，使劲摇着头。

塔洛说：“小朋友，你不要害怕，我叫小辫子，我要去德吉照相馆照相。”

小学生乐了，说：“你让我看看你的小辫子我就带你去。”

塔洛高兴地蹲下来让他看。

小学生饶有兴致地一边看一边说：“我们的老师

说只有清朝的人才有辫子，你怎么还留着辫子？”

塔洛瞪着小学生说：“你可不要把我当成是从清朝来的人啊。”

小学生说：“我得问问我们的老师。”

塔洛站起来说：“你带我去德吉照相馆吧。”

小学生又吞吞吐吐起来，说：“我记不太清楚在哪儿了。”

塔洛急了，立即拿出十块钱说：“你带我去，这十块钱归你了。”

小学生一会儿就把他带到了德吉照相馆门口，拿着塔洛给的十块钱飞也似的钻进了前面的一个小卖部。

塔洛开门进去时，看见一个女的正在给一个男的照相，旁边还坐着几个人。待那个男的脸上露出一丝虚情假意的笑时，“咔嚓”一声响，那个男的就起身到一边了，另外一个男的又坐在了那个男的刚才坐过的凳子上板直了腰。

塔洛进去了，那女的也不跟他打声招呼，依然忙着。

塔洛就站在门口，说：“这里是德吉照相馆吗？”

那女的回头说：“是德吉照相馆，有什么事吗？”

塔洛说："我找德吉。"

那女的停下来疑惑地看着塔洛说："我就是德吉。"

塔洛的脸上露出了一点笑，说："我是来照相的，是派出所的让我来的。"

德吉说："是来照大头照的吧？"

塔洛说："我也不知道，说是办什么证用的。"

德吉笑了，说："咳，早说嘛，就是大头照，办身份证用的，还那么神神叨叨的，我还以为有什么其他的事呢。你就坐下等一会儿吧，他们都是来照大头照的。"

那几个人也看着塔洛笑。塔洛就在他们旁边坐下了。

待那几个人走了之后，德吉对塔洛挥了挥手说："现在你来照吧。"

塔洛就过去坐在了那个白色背景下的凳子上。

德吉拿着一个照相机过来，突然发现了什么似的看着塔洛头上的小辫子说："你怎么留了小辫子？"

塔洛说："从小就留了。"

德吉说："这样照大头照可能不行吧？"

塔洛说："为什么不行？"

德吉说："人家派出所的分不出你是男的还是女的啊。"

塔洛很认真地说："我就是刚从派出所来的，人家所长也没说什么呢。"

德吉笑着说："好了好了，给你照就是了。"

塔洛像刚才那几个人那样坐直了身子，准备堆出脸上的笑。

德吉拿着照相机比划了几下，走过来摸了摸塔洛蓬乱的头发，说："我建议你先去洗个头吧，你现在的头发太乱了，这样照出来不好看。"

塔洛说："乱就乱吧，照吧，我没有那么多讲究。"

德吉认真地说："这身份证办下来可是要用一辈子的，那上面的自己的照片照得好看一点不好吗？"

塔洛看着德吉的脸，没有说话。

德吉指了指窗户外面马路对面的一家理发馆说："快去那里洗个头吧，是我一个好朋友开的。"

塔洛很无奈地站起来走出了照相馆。

塔洛走进理发馆时，一个短发的女孩起来招呼他。

塔洛有点新奇地看着女孩的脸说："你是对面照相馆德吉的好朋友吗？我是来洗头的。"

短发女孩仔细看了他一眼就让他坐在了椅子上，然后走到他的后面从镜子里看着他问："水洗五块，干洗十块。水洗还是干洗？"

塔洛看着镜子里女孩的脸也问："干洗是什么意思？"

短发女孩笑笑说："就是不用水洗。"

塔洛又问："不用水怎么洗？"

短发女孩说："哎，反正很舒适的，你洗了就知道了。"

塔洛说："那就干洗吧。"

短发女孩就往塔洛的头顶挤洗发膏，轻轻地揉搓着头发。

塔洛还是从前面的镜子里看着短发女孩。

短发女孩也从镜子里看着他问："干洗很舒适吧？"

塔洛说："干洗确实很舒适。"

短发女孩又没话找话地说："你这头发没洗都有一段时间了吧？"

塔洛说："我是个放羊的，没有那么多水洗头。"

短发女孩故作惊奇地说：“噢，是吗？那你有多少只羊啊？”

塔洛不假思索地说：“我总共有三百七十五只羊，其中一百三十三只羯羊，一百六十八只母羊，七十四只半大的羊羔，这一百六十八只母羊中今年能产羔的一百二十四只，已经完全不能产羔的四十四只。”

短发女孩停下揉搓头发，有点惊奇地看着镜子中塔洛的脸，说：“你的记忆力真好啊！”

塔洛不以为然地说：“记住每一只羊的情况，才能放好自己的羊啊。”

短发女孩又开始揉搓头发，看着镜子里的塔洛问：“那你这么多羊值多少钱啊？”

塔洛说：“我今天来时卖了两只羯羊，给了六百块，现在一只母羊大概两百块，如果是待产的母羊可能会更高一些，两百五吧，羊羔一只一百多，这样下来可能差不多是八九万吧。”

短发女孩张着嘴巴说：“这么多啊？”

塔洛说：“不过三百七十五只羊可不都是我的啊，我自己才有一百多只。”

短发女孩说：“也挺多的。”

说完就让塔洛去冲头，塔洛过去坐在一个水龙头下面。

给塔洛冲洗头发时塔洛问："不是干洗吗？怎么又用水洗了？"

短发女孩笑了，说："虽然是干洗，但最后还是要把洗发膏冲洗干净嘛。"

塔洛也就没说什么。

冲洗完了，短发女孩又让塔洛坐在镜子前的凳子上，打开电吹风给他吹头发。

塔洛又从镜子里盯着短发女孩的脸看。

短发女孩一边吹头发一边笑着问塔洛："你怎么一直盯着我的脸看，我有那么好看吗？"

塔洛也不回避自己的目光，说："刚进来时我还以为你是个男的呢，要不是看见你戴着耳环。"

短发女孩笑了起来，说："现在城里都流行短发呢，这是流行趋势。"

塔洛说："可你是个藏族女孩啊，藏族女孩怎么能把头发剪得那么短呢。"

短发女孩还是笑着说："我剪短头发就是为了等你这么个长发小伙子来会我啊。"

这下，塔洛不知道该怎么说了，把目光从短发女孩的脸上移开，看着别处。

短发女孩吹干了塔洛的头发，就把手搭在塔洛的肩膀上，端详着镜子中塔洛的脸懒洋洋地说："这样一收拾，你长得还很英俊的嘛。"

塔洛有点不好意思，赶紧从兜里掏出五十块钱递给短发女孩说："给你钱。"

短发女孩接过钱说："你没有零钱吗？我找不开。"

塔洛说："找不开就算了，给你吧。"

短发女孩还没来得及说什么，塔洛已经跑出了理发馆。

塔洛到照相馆门口时，看到里面又来了几个人，就站在外面抽起了烟。

塔洛一边抽烟一边把目光移向对面的理发馆，他看见短发女孩也正从玻璃窗户里往这边看。他就一边抽烟一边看理发馆窗户后面的短发女孩。短发女孩看着这边笑了一下。

这时，从街道上来了几个大学生模样的年轻人，其中一个上前跟他搭讪道："我们是内地来的大学生，到这边旅游，我们看着你很特别，你是个艺术家吗？"

塔洛一边抽烟一边用怪异的目光看着他们，一副不知道他们在说什么的样子，脸上显出似乎很严肃的表情。

另一个说："你们看看他的眼神，那么深沉，肯定是一个深刻的艺术家。"

塔洛也不理他们，等抽完烟把烟屁股扔到地上使劲踩了一下之后才说："其实我是个放羊的。"

又一个说："你们听听，他说话多深刻啊，他肯定是个艺术家。"

这时，从照相馆里面出来了几个人，他也就进去了。

德吉见他就说："你看收拾了一下头发就不一样了，你还蛮英俊的嘛。"

塔洛听见在夸他就有点不自在了，直接走过去坐在了白布前的凳子上。

德吉手里摆弄着个照相机走过来说："你要快照还是慢照？"

塔洛不解地问："什么快照慢照？"

德吉说："快照就是今天能取照片，慢照明天取照片。"

塔洛说："那我要快照。"

德吉说："快照二十块，慢照十块。"

塔洛说："可以，我要快照。"

德吉就对着他摁下了快门。

德吉走到一个办公桌后面对还坐在凳子上的塔洛说："来，交钱。"

塔洛就过去交钱。塔洛又拿出一张五十的给了德吉，说："能找开吗？"

德吉看了一眼递过来的钱，说了一声"能找"就开始在抽屉里翻零钱。她一边翻一边问塔洛："刚在我看见外面几个小青年在跟你说话，他们跟你说什么呀？"

塔洛说："他们问我是不是个艺术家。"

德吉仔细地看了他一眼，笑着说："是吗？"

塔洛说："是啊，他们就是那样问我的。"

德吉笑着说："那你说什么了？"

塔洛说："我说我是个放羊的。"

德吉干脆笑出了声。

塔洛说："什么是艺术家？"

德吉笑着说："艺术家就是像你一样扎着小辫子、留着长头发的人。"

塔洛有些不解地看着德吉的脸。这时，德吉也凑够了要找的钱，就把一把零钱给了塔洛，说：“过半小时来取照片吧。”

塔洛又站在照相馆外面的马路边上抽烟。短发女孩从理发馆里出来到他旁边说：“在抽烟呢？”

塔洛说：“嗯，在抽烟。”

短发女孩说：“刚才我从我理发馆的窗户里看你，你真的很英俊哎。”

塔洛又变得不知所措起来，抽完了一根接着又抽第二根。

短发女孩说：“晚上我们去酒吧玩吧。”

塔洛说：“我没去过酒吧。”

短发女孩说：“很好玩的，你这么英俊肯定有很多女孩子喜欢的。”

塔洛又变得不知所措起来。

等终于过去三十分钟之后，塔洛去取了照片。他取出照片，看着上面自己大头的头像，脱口而出说：“怎么照得这么难看啊！”

晚上在一个非常吵闹的酒吧里塔洛喝了很多啤酒，早晨醒来时发现那个短发女孩躺在自己身边。

塔洛有点紧张地坐起来。这时，短发女孩也醒来了，看着他笑。

塔洛不敢看短发女孩的脸，短发女孩却说：“你喜欢我吗？”

塔洛心里一阵紧张，坐着一动也不动。

短发女孩说：“昨晚你说你喜欢我了。”

短发女孩摸着塔洛的小辫子说：“我喜欢你的小辫子。”

塔洛还是很紧张的样子。

短发女孩把头靠在塔洛的肩膀上，说：“你带我去什么地方吧，我不想待在这里了。”

塔洛这才像是找到了什么说话的机会似的说：“我什么地方也没去过。”

短发女孩说：“那我带你去，咱们可以去拉萨、北京、上海、广州、香港……什么地方都可以去。”

塔洛说：“我从来没想过要去那些地方。”

短发女孩说：“要是让你选，你想去哪里？”

塔洛说：“我当然想去拉萨了。”

短发女孩说：“那我们就去拉萨吧。”

塔洛说：“听说去那里要很多钱，我没有那么多钱。”

短发女孩说：“你把你的羊卖了不就有钱了吗？”

塔洛说："那些羊不全是我的，也有其他人家的。"

中午时分，塔洛到了乡派出所，所长看着他说："去了一趟县城，你变得很英俊了嘛。"

塔洛说："这次我可能遇见了一个坏人。"

所长警惕地说："遇见坏人可要及时向我们汇报啊。"

塔洛又说："现在还不能确定是不是坏人。"

所长笑着说："你这个小辫子，你要举报坏人一定要有证据，要不然你就要负法律责任。"

看塔洛的表情，像是喉咙里被什么东西卡住了，没说什么话。

所长说："你照的照片呢？"

塔洛赶紧拿出照片给了所长，还说："照得很难看。"

所长说："大头照嘛，就得这样照。"

塔洛没再说什么。

所长把照片收起来，登记了之后说："可以了，一个月以后来取吧。"

塔洛准备起身要走，所长又叫住他说："问你一个很私人的问题，你怎么就想起留这样一个小辫子了？”

塔洛又坐直了说：“这个——”

所长饶有兴致地说：“这个什么？”

塔洛说：“其实也没有什么原因。”

所长有些失望地说：“不说就算了，这是你的权利。”

塔洛看着所长的样子，说：“其实也没什么的，就是因为看了一场电影。”

所长又来了兴致，说：“这怎么说？”

塔洛说：“我小学毕业，去山上放羊之前我拿着别人给的钱，去县城逛了一趟。”

所长说：“之后呢？”

塔洛说：“之后我就看了一场电影。”

所长说：“这和你留这么一根小辫子有什么关系。”

塔洛说：“就是因为看了这个电影，我才留起了辫子。”

所长说：“这又是怎么回事？”

塔洛说：“电影里有一个留着小辫子的男人，很多女人都喜欢他。”

所长大声地笑了起来，说："那你留了小辫子后也有很多女人喜欢你吗？"

塔洛说："我们村里的女人们都不喜欢我，他们说我是个穷光蛋。"

所长停下笑，问："你看的那是个什么电影？"

塔洛说："我也不知道，当时听说是个外国电影就进去了。后来我把这个电影的故事讲给很多人，问他们有没有看过这样一个电影，他们都说没有看过。"

所长有点遗憾地说："我一定要看看这个电影。"

一个月以后的一个黄昏，塔洛到了县城，背着一个包径直走进了那家理发馆。

短发女孩正在给一个男人理发，塔洛就坐在了旁边的凳子上，从墙上的镜子里看短发女孩。短发女孩只是在镜子里笑了一下，也不跟塔洛打招呼。

待那个男人走后，短发女孩从镜子里看着他说："你的头发又脏了，又该洗洗了。"

塔洛走过来坐在了刚才那个男人坐过的那个椅子上，继续从镜子里看着短发女孩。

这时，短发女孩才说："你怎么了？你的脸色怎么这么苍白啊？”

塔洛把那个包放在旁边的理发工具箱上说：“这是九万块钱。”

短发女孩把两只手搭在塔洛的肩膀上，看着镜子里塔洛苍白的脸说：“放松，放松，放松下来就会好的。”

塔洛不说话，脸色依然苍白。

短发女孩说：“我给你洗洗头吧。”

说完就把洗发膏挤到了塔洛的头上，慢慢地揉搓着。

揉着揉着塔洛就放松下来了，慢慢地闭上了眼睛，脸色也恢复了正常。

塔洛醒来时，短发女孩坐在旁边看着他。

短发女孩说：“你太紧张了，刚才睡着了。”

塔洛左右看了看，那表情和眼神像是在梦里。

短发女孩说：“我已经把你的小辫子给扎好了。”

塔洛的表情和眼神依然像是在梦里。

短发女孩递给塔洛一瓶矿泉水说：“你喝点水吧。”

塔洛就打开盖子喝了几口。

短发女孩盯着塔洛的眼睛说：“为了咱们俩，现在你要做一件事情。”

塔洛盯着短发女孩的脸，又喝了一口矿泉水。

短发女孩说：“你愿意吗？”

塔洛又喝了一大口，“咕咕”地咽了下去，喉结在上下滚动着。

短发女孩说：“你这小辫子太招人耳目了，你得把他剪掉。”

塔洛不再喝水了，从镜子里看着自己的脸。

短发女孩看着镜子里塔洛的脸说：“你同意了吗？”

塔洛还是盯着自己的脸看。

短发女孩说：“你喜欢长发我以后就留长发了，梳两条小辫子专门给你一个人看。”

塔洛又看了看镜子里短发女孩的脸。

短发女孩说：“那我就剪了啊，给你理个光头，这样谁也认不出你了。”

塔洛闭上了眼睛，短发女孩拿起电推子几下就把塔洛的头弄成了个大光头。那根小辫子掉在了塔洛的脚旁边，上面还拴着一根红线。塔洛看了看，弯下腰把那根小辫子捡起来装进了口袋里。

晚上，短发女孩又带着塔洛去了之前的那个酒吧，塔洛和短发女孩喝了很多啤酒，尽情地狂欢，很晚才去了短发女孩的住处。

早晨醒来时，塔洛发现短发女孩不见了，再四处看时他带来的那个包也不见了。

塔洛在这个小县城里找了两天两夜，也没有找到短发女孩的一丝踪影。

两天后，塔洛去了乡派出所。所长正和几个干警在忙着什么。

塔洛说："所长，我来了。"

所长看了半天塔洛的脸，才突然说："咳，小辫子啊，你怎么变成这样了？你的小辫子呢？"

塔洛说："剪掉了。"

所长说："太可惜了。"

塔洛说："所长，你现在看我像不像一个坏人？"

所长说："你什么意思啊？"

塔洛说："你不是一眼能看出谁是好人，谁是坏人吗？"

所长笑着说："要说以前留小辫子时你还有那么一点像坏人的样子，但现在这个样子就一点也不像坏人了，倒真正像一个好人。"

塔洛说："恐怕现在我死了就轻于鸿毛了。"

所长还是笑着说："你现在是不是又想背毛主席语录了，我已经领教过你的记忆力了，你就不用再背了。"

塔洛说："可惜啊可惜，我再也不能像好人张思德一样为人民利益而死，死后重于泰山了，只能像那些个替法西斯卖力，替剥削人民和压迫人民的坏人一样死了，死后比鸿毛还轻了。"

所长笑了，说："这次你把毛主席语录运用得还不错。"

塔洛只是说："可惜啊可惜。"

所长笑着对正在干活的几个干警说："哎，你们信不信这家伙能背很多毛主席语录。"

几个干警停下手里的活，看着塔洛露出怀疑的表情，似乎在说："他？"

所长说："看来得让你们开开眼界了。"

说完，又转向塔洛说："你就背背《为人民服务》吧，让他们开开眼。"

塔洛看着那几个干警的表情，没说什么就自顾自地背了起来：

为人民服务，一九四四年九月八日，毛泽东。我们的共产党和共产党所领导的八路军、新四军，是革命的队伍。我们这个队伍完全是为着解放人民的，是彻底地为人民的利益工作的。张思德同志就是我们这个队伍中的一个同志。

人总是要死的，但死的意义有不同。中国古时候有个文学家叫做司马迁的说过："人固有一死，或重于泰山，或轻于鸿毛。"为人民利益而死，就比泰山还重；替法西斯卖力，替剥削人民和压迫人民的人去死，就比鸿毛还轻。张思德同志是为人民利益而死的，他的死是比泰山还要重的……

那几个干警都张大了嘴巴看着塔洛出神。

所长做了个手势让塔洛停下来，然后看着几个目瞪口呆了的干警说："怎么样，傻了吧？他还会背很多毛主席语录呢。"

干警们还是呆呆地看着塔洛出神。

所长说："好了，干活了，咱们得抓紧时间了。"

塔洛说："所长，我现在变成一个坏人了。"

所长看了看塔洛说："不是说理了个光头人就变成坏人了。"

然后又对旁边的一个干警说："你在那些新办的身份证里找找，把他的身份证找出来给他。"

干警说："他叫什么名字？"

所长说："小辫子。"

干警说："啊？"

所长说："噢，不是，那是他的外号。"

又转向塔洛问："你的真名叫什么来着？"

塔洛说："塔洛。"

所长说："对，我记起来了，就是塔洛。"

干警就在一边的一个档案柜里翻找着。

过了一会儿，干警拿着一个身份证过来说："所长，这是他吗？跟他本人太不像了。"

所长拿那个身份证仔细地看，看了半天之后又看看塔洛问："你以后不留小辫子了吗？"

塔洛说："不留了。"

所长说："那你得到县城重新照一张相，这上面的你和现在的你太不一样了，到时候别人看不出这上面的人和你是同一个人。"

塔洛还想说什么，所长却说："赶紧去照吧，照完赶紧送来，今天我们很忙。"

诱惑

嘉洋丹增第一次看到那卷被黄绫紧裹着的经书时，就被它深深地吸引住了。那年，他才七岁。一个飘着雪花的冬天的下午，他随一个和他一块儿玩耍的小女孩到她家里时，在她家那黑乎乎的伙房的小方桌上发现了它。这里几乎所有的东西都是旧的，那架破碗柜，被油垢弄得黑乎乎的锅碗瓢盆，还有其他一些什物，只有那卷被黄绫裹着的经书是崭新的。他看见从它上面散发出一种奇异的金灿灿的光来。

当时，小女孩的父亲正闭目端坐在小方桌旁边蠕动着嘴唇，含混不清地念诵着六字真言。起初，嘉洋丹增惊呆了，怔怔地站在那儿，眼里闪出一丝奇异的亮光。小女孩和他的父亲都没有注意到他的神情。突然，他像被谁猛地推了一把，一个箭步冲上去，抱住经书就准备往外跑。小女孩的父亲立即睁开眼睛抓住他的小腿，猛地一拉，使他摔倒在地上。经书从他手里摔到前面不远处，在那儿依旧散发着金灿灿的光。他没有哭，也没有感觉到疼痛。他慢慢向前爬行，努力靠近那卷经书。看到这情景，小女孩的父亲立即站起身来，踱到他身边，踢了他一脚，对着他恶狠狠地说：

“你这畜牲！你想干什么？”

嘉洋丹增像是没有听到他的话，没有理睬。他继续缓缓地向前爬行。

小女孩的父亲十分惊奇地抢在他前头，从地上捡起那卷经书。他转过身用诧异的目光瞪视着他。

嘉洋丹增爬到他的脚下紧紧地抱住他的双腿，不让他走开，用执著而又乞求的目光定定地望着他。

小女孩的父亲气恼地骂了一声“畜牲”，举起那卷经书照准他的小脑袋重重地敲了一下，他便立即松开手，趴在地上，晕倒似的虔诚地闭着双眼一动也不动。

小女孩的父亲蛮横地命令小女孩马上赶他走。

小女孩看了看父亲气愤的脸，匆匆走过去，从地上扶起嘉洋丹增，将他拉出了门外。

在以后的许多日子里，那卷经书对他的第一次的诱惑总是浮现在他的眼前，使他难忘。

在嘉洋丹增十五岁那年，他来到了那个女孩家里，差点成了她的丈夫，那个女孩叫仁增旺姆。那时，仁增旺姆的父亲已经死了三年了。在这之前，无论有事没事，他总爱往她家里跑。但从那次事件之后，仁增旺姆的父亲，那个老头子便把那卷经书藏起来了。他总是看不到那卷经书，但他能感觉到那卷经书的存在。老头子把经书藏在一个褪了色的破箱子里，将一把锈了的大锁终日挂在上面，但他的眼睛还是能够看到从破箱子里的缝隙间透露出来的光。那束光线能引得他双眼发直。每当这时，他就会忘记身边的一切，老头、女孩。他会不由自主地将全身的精力都集中到那个破箱子上，怔怔地盯着看上很长一段时间。每当这时候，老头子就会蹑手蹑脚地走过来推他一把，或者踢他一脚，让他从那种痴迷状态中清醒过来，用恶狠狠的目光瞪上几眼，用凶巴巴的语言骂上几句，然后，命令女儿让他马上走开，并且命令他以后不准再来。但到了第二天，他仍会哄着仁增旺姆到她家里，到处寻找那个被藏起来的破箱子，然后对着那个方位出神。有一次，他到仁增旺姆家时，门向外敞开着，喊了几声都没人答应。他开始有些紧张起来，开始用眼睛到处搜索。最后，他的眼睛穿越厚厚的墙壁在那个黑咕隆咚的库房的一个阴暗的角落里发现了那个破旧的箱子和里面用黄绫紧裹着的经书。他快步走到门前，轻轻地一推，门便自动地打开了。他从凌乱地挂在那儿的破衣服、破皮袄中间穿过去，背起箱子转身就往外跑。那时正是中午时分，太阳像个铜镜似的挂在高空中，放射出一种刺目的光，周围没有一片云彩。他在院子中央停下脚步，把破箱子轻轻放到地上，眼里闪烁着一种奇特的光，瞳孔立即变大了。他下意识地用手摇了摇那把生锈的锁，锁便出乎意料地自动打开了。他屏住呼吸，猛地打开箱盖，里面立即放射出一道金灿灿子的奇光，和阳光融合在了一起。他的眼睛里渐渐充满了一种从未有过的亲切祥和的感觉。他用双手扶住箱盖痴痴地注视着里面的经书，好久不敢用手去碰一下。最后，他鼓起勇气用力将手在衣服上来回搓了几下，猛地将右手伸进箱子里，一把抓住经卷，轻轻取了出来，恭敬而虔诚地放到头上，然后拿下来，上下左右仔细地观看着。正当他把经卷放在怀里准备解开缚住它的带子时，老头子突然凶神恶煞似的出现在他的面前。老头子在嘴里咕哝了一句什么，一把抓住经卷的带子猛地抢过去，还在他的胸口上狠狠地踢了一脚。立即，经卷在空中散开了。散开的经卷在空中闪着耀眼的光芒，雪花似的缓缓地飘落下来。在一阵极度的难受之中，嘉洋丹增像是在一个遥远的地方观赏一幕千载难逢的奇景似的默默地看着这一切。慢慢地，他那孩童般纯真的脸上挂着一种幸福的、会心的微笑，他晕了过去。从此以后，老头子便不让他走进自己的家门。他总是一天到晚像条忠实于主子的狗一样守在门口，老远用那道幽幽的冷漠的目光阴森森地望着他。有那么几次，他想趁老头子不在家的当儿哄着仁增旺姆到她家里，再看看那卷经书，但女孩也时时提防着他，决不让他随便到处乱走。这样他只能失望地远远注视着那放射出奇异的金灿灿的光束的地方出神。

后来，老头子突然死了。对于他的死，谁也说不出个所以然来。那是一个阴风怒号的下午，他好像已经感觉到自己将要死了，脸上露出绝望的微笑。从中午起，他就让女儿守在自己身边，不让离开半步。黄昏，黯淡的夕阳刚刚坠落到大山那边，大地上便充满了一种阴沉沉的气氛，这时，他也断了气。在他临死之前，只留下了这么一句话："千万不能让那卷经书落到那个坏小子手里，总有一天，它的主人会来取它的，他会来的。那时，就交给他。"刚说到这儿，他就断了气。他的脸上带着一种遗憾的可怕的表情，眼睛直直地望着前面。

老头子死后，嘉洋丹增便能畅通无阻地来往于仁增旺姆家里了。但仁增旺姆死死记住了老头子临死前说的那句阴森森的话和说话时那副可怕的表情，坚决不让他靠近那卷经书。有几次，他想掐死她，带着那卷经书逃到一个很远很远的地方去，但每次他总是想方设法地抑制了这种想法。

嘉洋丹增不分白天黑夜地往仁增旺姆家里跑，去看那散发出金灿灿的光的地方。

在嘉洋丹增十四岁那年，仁增旺姆已经十六岁了。每当他提出想看那卷经书的愿望时，她就要求他做她的丈夫。每当这时候，他总是沉默不语，不肯答应。他从心底里厌恶她。看着她脸上那两块不停地颤动着的肥肉，他就会感到一阵强烈的恶心，马上转过身去，尽力避开，有时，甚至会吐出许多酸水来。每当他拒绝她的请求时，她会毫不客气地把他赶出家门，并说明以后不准他再来。可是到了第二天，他却像忘记了昨天发生的事似的照样来，并且死死地纠缠着她要看那卷经书。这时，她又提出想跟他结婚的愿望，他又拒绝，她又赶她走，不准他再来。就这样反反复复、循环不断地过去了许多日子。在一个雪花纷飞的中午，他睁开惺忪的眼睛从被窝里慢吞吞地爬起来，很不情愿地穿衣服时，一种突然的、不知从何而来的想法使他决定答应她的请求。他穿好衣服，走出家门，径直来到她家里，将她从被窝里拉出来，对她说他想看那卷经书。她揉了揉红肿的眼睛，晃动着脸上的肥肉，吧嗒了几下嘴巴，含混不清地说：

“你是想看那卷经书吗？好，那么你要答应做我丈夫。”

“答应。”他用极生硬的语气挤出了这两个干巴巴的字。

“真的？”她感到有些意外，但还是欢跳着站了起来，用臂弯环住他的脖子，发疯似的在他脸上乱亲一气。他感到痛苦极了，但没有吭声，默默地忍受着。当那激情勃发的女孩的唾沫星子沾了他一脸时，他才实在忍不住了，一把将她从自己身上推开，恼怒地说：

“好！现在该拿出来了吧！”

她眨着那双深陷到眼窝里的细眯的小眼睛，狡黠地笑了笑，说：

“现在还不到时候，你必须要等我们成亲以后。”

嘉洋丹增像是给谁当头击了一棒，垂头丧气，万般无奈地站在那儿没动。

仁增旺姆背着那只发白的木桶背水去了。她背水回来时，看见他还站在原地不动，便放下水桶，走过来轻轻地推了他一把，柔声说道：

“好了，就让你看一眼吧。”

说完，转身走了。没过多久，她便用双手小心地捧着那卷经书踏着碎步走过来，远远站着，表情异常严肃庄重地说：

“你就这样远远地看上一眼吧，你不能靠近它。”

嘉洋丹增的视线立即被那卷经书上散发出来的金灿灿的光紧紧地吸引住了。这情景就跟他在七岁那年第一次看到那卷经书时一模一样。刹那间，他觉得那光束直直地射向了自己，使他眩晕，使他难以站稳。裹着经书的黄绫看起来比以前旧了，但比起八年的时光，也可以说是崭新的，依然保持着本色。渐渐地，他发觉从那卷经书中散发出的光幻成了一条由赤橙黄绿青蓝紫组成的丝质哈达，缓缓地抛向自己，紧紧地缠住自己的身子，不停地将自己往那个方向拉着。这时，女孩及身边的一切完全从他眼中消失了，眼前只剩下那卷奇特的经卷在半空中金灿灿地放着光芒。那条七彩的丝质哈达紧紧地绷着，继续拉着他。一种不知从什么地方滚滚地奔涌出来的抑制不住的激动或冲动的情绪使他不顾一切地扑过去，伸开手臂，准备拿起经卷转身就走，但他拿到经卷刚刚转过身就一个趔趄摔倒在地上了。与此同时，他突然感觉到有个千斤重的东西像块大石头似的压在自己身上，使得自己喘不过气来。但当他发觉那卷经书依然在自己怀中时，便强忍住了一切疼痛，一动也没动。背上虽然始终被那千斤重的大石头似的东西压着，他心头却涌上了一阵从未有过的甜蜜的喜悦感。

仁增旺姆在后面龇牙咧嘴地狠狠踩着他的背。

她想到只要踩住他不让他动，即使经卷在他手上他也跑不到哪里去，便久久地踩住他没有动。她的脸上露出洋洋得意之色，满脸的肥肉在轻轻地颤动着。嘉洋丹增觉得背上那千斤重的大石头似的东西在不断地增加着重量。他感到现在呼吸有些困难，但他没有叹一口气，继续默默地忍着。他不想站起身来。他怕万一站起身，那卷经书就会离开自己。

现在，背上的重压真的使他有些忍不住了。他在轻轻地呻吟着，额头上渗出了细密的汗粒。他觉得心跳得相当快，好像心脏马上就要从喉咙里跳到外面来。

突然，他觉得背上那千斤重的大石头似的东西一下子消失了，心又回到了原来的位置。他停止呻唤，长长地吐出一口气。这时，他隐约听见从某个远方传来了一个女人熟悉而又陌生的声音：

“你还不起来！你简直是个疯子！你快把经书还给我！”

嘉洋丹增趴在地上没动。好一会儿之后，他才缓缓地站起身，疲惫不堪地将那卷经书放回仁增旺姆手里。这时，他发觉那个遥远熟悉而又陌生的声音是从这个女人嘴里发出的。他对她没有产生丝毫的怨恨，他反倒觉得这时的她变得有些可爱了，有些动人了。他用那双深沉而忧郁的黑眼睛很长时间怔怔地盯住她没动。

仁增旺姆也渐渐注意到了嘉洋丹增正在用那双黑眼睛怔怔地注视着自己，便有些坐立不安起来。在她的记忆中，他还从来没有今天这样注视过自己，就半带羞涩半带微笑地低下头，不时用眼睛从下瞟上他几眼。他的眼神里包含着一种动人的真情。慢慢地，她又发现他那双怔怔地注视着自己的黑眼睛显得有些可怕，像两把锋利无比的匕首，直直对准自己，像是要刺到自己灵魂的最深处。一阵恐惧感迅速传遍她的全身，使她不由地打了个冷战。她匆匆躲开他的目光，高高扬起手上的经卷重重地在他脑袋上连续敲了三四下，大声喊道：

“你干吗这样看着我？又不是没见过我！再说我们就要成为夫妻了，到那时就让你看个够吧！到那时，那卷经书也就属于你了，你就等着那一天吧！”

嘉洋丹增像是被人临头泼了一盆冷水，一下子清醒了过来。他慌忙用巴掌拍了拍脑袋，似笑非笑地向她点了点头，然后飞也似的跑回了家。

连续七天，仁增旺姆没有见到他的影子。

第七天黄昏，仁增旺姆辛辛苦苦地做好了婚礼前的一切准备，提心吊胆地跑到嘉洋丹增家里时，他还在蒙头大睡着。她又气又恼，又恨又急，嘴里胡乱骂了一句什么，一下掀开被子，粗鲁地把他摇了那么几下，他还是没有醒来。仁增旺姆转身从水缸里舀来一瓢凉水含在嘴里，“噗”的一声喷到他脸上，他便一下子醒了，脸上带着惊悸的表情。他坐起来迷迷糊糊地想了一会儿，气恼地大声骂道：

“我从你家回来刚刚睡着，你就弄醒了我，你真是个恶女人！”

“什么？你说你从我家里来刚刚睡着？”仁增旺姆惊奇地睁大了眼睛。

“是啊！你这个恶女人！你怎么这么快就叫醒了我？这会儿天还没黑呢！”

“这么说你连续睡了七天七夜了？你一直没有醒过？”仁增旺姆的眼睛睁得更大了。

“啊！我睡了七天七夜？不可能！不可能！我睡着才一会儿！”说完他又重新躺下，盖上被子蒙头睡着了。

十四天之后，他终于完全醒过来了。刚一醒来，仁增旺姆就把他从被窝里拉出来，领着他去举行婚礼。

婚礼算不上很隆重，只有他们两个人，但也决不能说很冷清，因为仁增旺姆已经备好了一桌丰盛的酒席，处处洋溢着喜庆的气氛。不知为什么，今天他看到桌上那些美味佳肴就感到一阵一阵的恶心，只想呕吐。仁增旺姆一遍一遍地给他敬酒，而他则努力找出各种各样的借口和理由，让她替他喝。

天快黑下来时，仁增旺姆已经喝得酩酊大醉，不时从嘴里吐出浓烈的酒气和刺耳的脏话。嘉洋丹增跟先前一样十分清醒。每当从仁增旺姆嘴里扑出的酒气冲到他脸上时，他就有一种眩晕的、马上要倒下的感觉。因此，他总是想方设法背对着她。

天空繁星闪烁的时候，他俩都累倒了。

仁增旺姆仰面躺在炕上，将被子拉到自己身上，然后伸出一只手召唤他过来。他只是定定地坐着，不肯过去，眼前不时浮现出那卷用黄绫紧裹着的经书，心头按捺不住地升腾起一股马上要看它一眼的强烈愿望。他用一种略略带着乞求的目光望着仁增旺姆，一字一顿地说：

“现在你可以让我看了吧？”

听到这话，仁增旺姆的脸上露出一种不悦的神色，但马上又消失了。她用一种含情的语调说：

“快了，不过，你现在还没有真正成为我的丈夫呢！来吧，快来吧。”

说完，她掀起被子的一角，再次召唤他钻进去。

嘉洋丹增坐在那儿没动，眼睛怔怔地望着仁增旺姆的脸。

仁增旺姆见他像个木头人似的坐着不动，就坐起身，轻轻地解开扣子，脱掉衣服，露出赤条条的身子在那忸怩着。仁增旺姆轻轻地呻唤着说：

“来吧，来吧，你就是我丈夫了，来吧。”

嘉洋丹增仍然坐在炕沿上，怔怔地望着仁增旺姆，没动。

仁增旺姆慢慢站起身，摇摆着身子走过来，坐到嘉洋丹增怀里，搂住他的脖子，在脸上、头上、脖子上狂吻起来。

开始，嘉洋丹增像个木人似的毫无反应地呆坐着。过了一会儿。一阵惊惧迅速传遍他的全身，他的浑身剧烈地战栗起来。此时此刻，他只觉得自己怀中的这个女人如一条毒蛇一样死死地缠住了自己，并且越缠越紧，透不过气来。他用力猛然把她推开，用愤怒的眼光望着她说：

“你不要这般死死地折磨我！你快把那卷经书交给我！”

仁增旺姆被嘉洋丹增远远地抛到土炕边上，屁股碰到炕沿上，痛得她呱呱乱叫。她慢慢爬起来像蛇一样地钻进被窝里，用被子紧紧地裹住身子，颤抖着嘴唇愤愤地说：

“你别想再拿到它了！你滚吧！你滚吧！”

嘉洋丹增静静地听着，静静地看着，好长时间坐着没动。突然，一阵愤怒的感觉传遍他的全身，使他浑身一震。他站起身一个箭步冲上去，撕住仁增旺姆的头发，将她压在膝盖下面，用两只手紧紧地掐住她的脖子，使劲地压着，压着。

仁增旺姆的喉咙里不断发出咕咕的响声，四肢像蜘蛛似的在空中乱舞着。那阵愤怒的感觉继续支配着嘉洋丹增，他死死掐住仁增旺姆的脖子不肯松手。

突然，他看见仁增旺姆的手里捏着什么东西在他眼前划了个弧线。随即，他感到有一件东西重重地落在了自己的头上，弹了过去。一瞬间，他觉得脑子里像是忽然给塞满了一团雾，懵懵懂懂的，自己也像是坠入了雾中。他慢慢松开手，茫然注视着屋里的一切。最后，他的目光落在躺在土炕上的仁增旺姆身上。她的下身被被子裹着，光着上身，两只大奶子突兀地向上挺立着，像两座小山峰。她伸在右边的手里紧紧地捏着一只破鞋。他看见她正圆睁双目在瞪视着自己，便拍了一下她的脸蛋，说：

“喂，仁增旺姆，你怎么这个样子？快把被子盖上。”

他用被子盖住了仁增旺姆的上身，并把他那只紧捏着破鞋的手拉过来，准备将那只破鞋取掉，他怎么用力掰也掰不开那只捏着破鞋的手，便连同破鞋一起将手塞进了被子里，自言自语地说：

“真奇怪！干吗抓住一只破鞋不放呢？”

后来，嘉洋丹增看见仁增旺姆的脖子上有两道深深的血印，就觉得有点奇怪，摇晃着她问：

“怎么，你死了吗？有人杀了你吗？”

突然，他发现自己的拇指和食指上也沾有血迹，便大惊失色，放声哭起来。他一边哭一边望着自己的手说：

“怎么，是我这双手杀了她吗？这怎么可能呢？我不可能杀人！”

当嘉洋丹增渐渐冷静下来，意识到真的是自己杀了仁增旺姆时，便坐立不安起来。他越想越觉得恐惧，一下用被子盖住了她的脸。他一想到自己杀了人，若被别人发现，将要受到审判，将要以命偿命时，就变得心惊肉跳起来。

突然，嘉洋丹增站起身来，将仁增旺姆的尸体连同被子一起掮到肩上，走出去，打开库房的大门，摸索着从破衣服和破皮袄间向那个阴暗的角落走去。仁增旺姆捏着破鞋的手从被子里伸出来在他眼前晃来晃去。

嘉洋丹增扛着仁增旺姆的尸体来到一个褪了色的破箱子跟前。他将尸体重重地摔到地上，用力移开破箱子，底下便露出一个黑洞来。他把仁增旺姆的尸体搬过去扔到里面，重新将破箱子移到上面将黑洞洞的洞口严严实实地盖住了。他发现那个破箱子被一把锈了的铁锁锁着，心里便萌生出一种好奇心，静静地看了一会儿，从墙角落里找到一根铁棒一下将锁撬开了。他扔掉锁，打开箱盖。他看见里面除了一卷用黄绫紧裹着的经书外别无他物。他把那卷经书上下左右翻看了一遍，觉得没有什么新奇之处，便盖上箱盖，走了出去。

嘉洋丹增冲出仁增旺姆家的大门，长长地舒出一口气，然后一口气跑回家里，用一根粗木桩钉住大门，回到屋里，钻进被窝，呼呼地睡着了。

冥冥之中，嘉洋丹增觉得有人在轻轻拍打自己的脸，便慢慢醒了过来。他看见仁增旺姆和她的父亲正站在自己旁边。仁增旺姆的手里还捏着那只破鞋。她觉得他们身上有点与众不同之处，但又说不出这个不同之处到底在什么地方。他瞪着惺忪的大眼睛，略显生气地质问道：

“你们为什么要叫醒我？我要睡！”

仁增旺姆的父亲阴沉着脸一把将他从被窝里拖出来，语气平缓地说：

“你动了我的经书，只有你知道它的藏处。现在你不能留在这儿，跟我们走吧。”

说完，他捏着他的手，准备拉他走。嘉洋丹增想挣脱老头子的手，重新回到温暖舒适的被窝里，但他望着老头子那张阴森森的脸，觉得有些可怕，就不由自主地跟着他们出去了。在路上，他看见天上的星星已渐渐离去，天快亮了，一颗流星迅速滑向天边，一晃不见了。

中午时分，天空中纷纷扬扬地飘起了雪花。一行骑马的喇嘛风驰电掣般地赶往嘉洋丹增家，后面紧跟着许多人。

在离嘉洋丹增家几十步远的地方，喇嘛们都翻身下马，步行朝他家走去。跟在喇嘛后面的村民们都在叽里咕噜地低声谈论着什么。

在嘉洋丹增家门前，喇嘛们和村民们都停了下来。他们当中一个年纪稍大些的喇嘛走上前去扣住门环，轻轻地敲打起来。可是，敲了很久也没人来开门。底下的人都静静地看着敲门的喇嘛，不敢出声。

老喇嘛敲门敲得手指发麻，不觉松开了扣着门环的手，用力推了一下，门从里边给死死地顶住了，连动都不动一下。老喇嘛慢腾腾地转过身，把一个小喇嘛唤到身边，低声在他耳边交待了几句，小喇嘛便沿着门旁的那棵老榆树噌噌两下爬上去，从墙头翻了进去。

喇嘛们和村民们都怔怔地望着大门，像是在急切地期待着什么。

突然，“咣啷”一声响，门打开了，小喇嘛出现在门口。这时，人们的目光都齐刷刷地集中到他身上。小喇嘛哭丧着脸，大口喘着气，三步并作两步跑到老喇嘛跟前，用苍蝇叫似的声音低低地说：

“佛爷他归天了！”

虽然声音很低，但在场所有的人都听到了。这从小喇嘛口中发出的嗡嗡的声音，无异于晴天霹雳，使在场的每一个人都惊骇得目瞪口呆，半晌张着嘴。

老喇嘛第一个醒悟过来。他阴沉着脸小声将几个小喇嘛唤到身边，如此这般低声交代了几句，他们便一同走进了嘉洋丹增家。人群开始骚动起来，女人们低头嘤嘤地哭着，男人们的脸上也露出悲伤，有几个对嘉洋丹增的身世了如指掌的老头子唉声叹气地围坐在在一起，一边回忆一边谈论关于他的一些事。

一个满脸皱纹、蓄着山羊胡子的小老头捋了捋胡须，用缓慢的语气对围坐在他身边的老汉们说：“都怪我们这些个肉眼凡胎，凡夫俗子，没能识别出真佛就在我们中间。你们大概还记得吧？佛爷出世那天，听说河边的那棵干梨树上还开了一朵梨花呢！要知道那可是冬天，正下着雪啊！”

另一个老头用粗糙的大手摸了一下那张干核桃

似的脸，用忏悔的语气说：

“真是造孽呀！那年佛爷到我家院子里偷梨子，噢，不不不，你看，你看我这张臭嘴，那年佛爷到我家院子里采摘梨子，我还狠狠地往他屁股上打了几巴掌呢。真是造孽呀！噢，对了，听说佛爷出世那天，东方的天空中出现了一道祥光，足足停留了几分钟，当时我们还不知道是怎么回事呢！”

进去的喇嘛们没有出来，外面的人们继续低声议论着。

嘉洋丹增被老头子和仁增旺姆领着到了一个完全陌生的地方。那儿到处都光秃秃的，没有花草树木。他们一直沿着一条狭长的沟壑走着。

他们对面站着一个白发苍苍、面色灰白的老人。他看见他们便走了过来。他径直走到嘉洋丹增面前，紧紧握住他的手问：

“孩子，你怎么会在这儿？”

嘉洋丹增疑惑地摇了摇头。

这时，老头子拉着仁增旺姆的手“扑通”一声跪倒在地上说：

“他发现了那卷经书，并且动了那卷经书，我放心不下，便把他给领来了。”

白发老人瞪了一眼跪着的老头子和仁增旺姆，愤怒的斥责：

“畜生！你们这些肉眼凡胎！佛爷在眼前还不快跪下！当年我交给你的那卷经书的真正主人就是嘉洋丹增活佛。”

说完，白发老人面带微笑，用慈祥的目光注视着嘉洋丹增。

老头子和仁增旺姆一下慌了神。他俩匆匆跪向嘉洋丹增，抱住他的双腿，用舌头舔着他的靴子连连哀求道：

“宽恕我们吧，佛爷。都怪我们肉眼凡胎，没能识别出真佛。”

嘉洋丹增越来越糊涂，搞不清他们到底在说些什么，气恼地一脚将他俩踢出老远。

白发老人伸出宽大冰凉的手掌轻轻地抚摸了一下嘉洋丹增的脸，用和善的语气说：

“孩子，现在你还是回去吧，那边的人们还在等着你呢，那边的人们很需要你。五年之后，咱们再在这儿见面。”

说完给他指了个方向，催促着让他上路了。他走出十几步回头看时，看见白发老人领着老头子和仁增旺姆正朝相反的方向走去。

嘉洋丹增似乎听见一阵阵敲鼓声、铙钹声、诵经声缓缓地从很远的地方传了过来，好像在遥远的地方召唤着他。于是，他慢慢睁开了眼睛。他用力揉了揉眼睛，看见许多穿绛红色袈裟的喇嘛正围坐在自己身边高声诵经，便用诧异的目光望着他们：

“你们在这儿干什么呀？”

喇嘛们听到这不知从什么地方发出的声音，一下子停止了诵经，惊奇地睁大眼睛四处张望着。最后，看见嘉洋丹增缓缓地坐起身来，便大声喊道：

“活佛还生了！活佛还生了！”

喇嘛们的脸上洋溢着喜悦之色。

“什么？还生？难道我死了吗？”嘉洋丹增显得有些惊慌失措。

这时，一个矮小的老喇嘛低头走上前来，双手合十向他行了个礼说：

“佛爷总算没丢下我们这些苦海中的众生到西方极乐世界去。佛祖真是有眼啊！”

等矮小的老喇嘛抬起头时，把嘉洋丹增给吓了一跳。他使劲揉了揉眼睛仔细地看。他发觉这个矮小的老喇嘛就是仁增旺姆那个早已死去的父亲。他想问："喂，老头，你不是早死了吗？你怎么还在这儿？"但他还是忍住没有出声。他望着老头子不时煞有介事地摆弄着自己身上的衣服，暗暗在心里笑了一下。

第二天继续大张旗鼓地做了一天的法事。之后，其他的喇嘛都走了，只留下那个矮小的老喇嘛伺候在嘉洋丹增左右。

早晨，天刚蒙蒙亮，嘉洋丹增家门口便聚集着许多善男信女。他们推选出一位年老的长者进去跟里面矮小的老喇嘛商量让他们拜见佛爷。老喇嘛私下对嘉洋丹增讲了许多话之后，便放他们进来了。

村民们依次排着长队，蜿蜒曲折，如一条长龙。他们手捧各色哈达或其他东西，弯着腰弓着背向嘉洋丹增靠近。他们将哈达或东西献上去，叩长头，让佛爷摸顶，并从底下偷偷地看上嘉洋丹增几眼，然后，伸伸舌头，咽两口唾沫，迅速倒退着走开。

村民们都依次走光了。最后，正当嘉洋丹增准备起身回房休息时，看见一个女人捧着一卷用黄绫紧裹着的经书缓缓的朝这边走来。猛一看，他觉得这个身影很眼熟，但不能马上认出来。那个女人低头走到他面前，跪下，双手将那卷经书举过头顶，呈到他面前。他伸出手刚刚接触到那卷经书，就看见许多金灿灿的光束直直射向自己。这时，他猛然记起了自己七岁时的情景。他紧紧将经卷抱在怀里，低声自言自语着。忽然间，他看见那个女人在底下偷偷地看自己，便一下子认出她是要他做她丈夫的仁增旺姆。他本能地往后移动着身体，显得异常恐惧。他的两只手死死地抓着经书，大声的喊道：

“我不做你丈夫！我不做你丈夫！我要这卷经书！我要这卷经书！”

矮小的老喇嘛和周围的人们听到叫声好奇的围过来，前后左右扶住他问：

“怎么了？怎么了？”

嘉洋丹增脸上带着惊悸的表情，用手粗鲁地指着仁增旺姆声嘶力竭地喊道：

“我不做她的丈夫！我不做她的丈夫！”

老喇嘛和周围的人们不知所措地围住仁增旺姆，莫名其妙地问这问那。

仁增旺姆面色发青，浑身颤抖，连连叩着头，嘴里不停地说：

“佛爷息怒！佛爷息怒！我是个有罪的女人，我不该到这儿来。我只是来送那卷早该属于您的经书的。”

这时，他才忽然记起那个白发老人也说过类似的话。当他逐渐记起白发老人还说过五年后他们再见面的话时，一阵恐惧慢慢从他心底涌上来，传遍了全身。

他克制着让自己镇静下来，摆了摆手，示意仁增旺姆走开。

仁增旺姆点着头倒退着走出大门。老喇嘛弓着腰悄悄走上来，从他怀里迅速拿起那卷经书，缓缓地说：

“暂时您还不能打开它。到您二十岁那年，它就完全属于您了。到那时我就把它交给您，让您亲自打开。”

说完，老喇嘛把经书拿过去装进一个崭新的箱子里，上了锁。

第二天，几个小喇嘛牵着一匹马来接他了。他们把他接到一个寺院里，他便开始在那里识字、诵经。那个矮小的老喇嘛是他的经师，对他很严厉。

回到寺院之后，老喇嘛做的第一件事就是搭着梯子把那卷经书放到了一处很高的、他够不着的佛像底下，每天让他在下面点上一盏酥油灯，磕上三个头。他每次看那高高在上的经书时，总能看到从它里面发出的金灿灿的光束。这光束使他眩晕、使他陶醉，但由于太高，老喇嘛又总是守候在身边，他一直没有机会拿到手。

每当那光束使他眩晕、使他陶醉，一种想看看那卷经书的强烈愿望便紧紧地抓住他。这时，他就恳求老喇嘛拿下来让他看看，可是老喇嘛总是摇着头不肯答应。

在嘉洋丹增十七岁那年，他曾苦苦恳求着对老喇嘛说：

“我只剩下三年时间了，你就拿下来让我看看吧。”

老喇嘛显得有些惊慌，但又十分镇静地说：

“圣神的佛爷，您可不能说这样的话，您这样说，会让我们这些苦海中的众生感到痛苦的。那卷经书，到您二十岁时，就自然属于您了。”

在嘉洋丹增十八岁那年，他曾苦苦地恳求着对老喇嘛说：

“我只剩下两年时间了，你就拿下来让我看看吧。”

老喇嘛显得惊慌，但又十分镇静地说：

“圣神的佛爷，您可不能说这样的话，您这样说，会让我们这些苦海中的众生感到痛苦的。那卷经书，到您二十岁时，就自然属于您了。”

在嘉洋丹增十九岁那年，他曾苦苦恳求着对老喇嘛说：

“我只剩下一年时间了，你就拿下来让我看看吧。”

老喇嘛显得很惊慌，但又十分镇静地说：

“圣神的佛爷，您可不能说这样的话，您这样说，会让我们这些苦海中的众生感到痛苦的。那卷经书，到您二十岁时，就自然属于您了。”

在嘉洋丹增二十岁那年的一个寒冷的清晨，当矮小的老喇嘛从高高的佛像底下取出那卷用黄绫紧裹着的经书，走进嘉洋丹增的卧室，准备亲自献给他时，发现他闭目盘腿，双手合十地端坐着。老喇嘛恭敬地立在一旁，悄悄地唤了几声，没有任何反应。他又用手指轻轻碰了一下他的膝盖，还是没有任何反应。他有些紧张起来，跪下来爬到跟前，抓住嘉洋丹增的手摸了摸脉，发现脉搏已停止了跳动。他浑身一阵，恸苦着说：

“佛爷啊，您总归是未卜先知的神啊！都怪我们这些个罪人，我们这些个肉眼凡胎，没能让您在今生今世如愿以偿。这会儿我真的给您送来了，它真的已经属于您了，您就好好地看个够吧！”

说着老喇嘛解开带子，翻到第一页，轻轻地放到嘉洋丹增怀里。

嘉洋丹增发现自己飘悬在半空中。当他看见那卷用黄绫紧裹着的经书终于在自己怀里打开时，心头便不由地涌上了一股多年没有过的甜蜜和喜悦。

喇嘛们作了七七四十九天的法事之后，将嘉洋丹增的法体做闭目端坐双手合十状连同那卷用黄绫紧裹着的经书一同放入了一个塞着柏树枝的小塔之中，燃着了。

烈火熊熊地燃烧起来，喇嘛们都低头跪着默诵超度经。

一个小喇嘛忍不住偷偷抬头望了一眼。他看见嘉洋丹增活佛捧着那卷用黄绫紧裹着的经书，随着一道祥光缓缓地飘摇而去了。

牧羊少年之死

1

牧羊少年望着父亲那张老气横秋的脸，不知道他在想什么。母亲和弟弟妹妹快要睡着了，上下眼皮直打架。午夜苍白的月光刺眼地照着外面的草地，四周寂静一片。

父亲像是终于想通了什么，又像是终于决定了什么，开口说：

“丹巴亚杰，往后你就不用放羊了，我们送你去寺院当喇嘛。”

丹巴亚杰是牧羊少年的名字，意思是佛法兴隆。牧羊少年的眼前立即现出一个牧羊少女的姣好面容，但他像是早有心理准备似的，挠了挠头皮，说：

“我可以去寺院当喇嘛，但我的前世是个罪孽深重的屠夫呀！”

母亲和弟弟妹妹一下子清醒了，“哈哈哈”大笑起来，笑声在外面刺眼的月光中上下飘荡着。继而，母亲问：

“既然你的前世是个屠夫，那么我问你，你总共杀了多少牛羊？”

牧羊少年不假思索地回答：

“我杀了五百头牛，一千只羊。”

父亲母亲弟弟妹妹一起“哈哈哈”大笑起来，笑得前仰后合。刺耳的笑声肆无忌惮地飘出很远。

父亲突然停住笑，挥挥手，说：

“家里你是老大，你不去寺院谁去寺院当喇嘛？你不想丢尽我的脸吧？”

牧羊少年艰难地咽了一口唾沫，向上瞪了瞪眼，慢吞吞地说：

“我可以去寺院当喇嘛，但我的前世真的杀过五百头牛，一千只羊呀！”

父亲母亲弟弟妹妹又一次“哈哈哈”大笑起来，快意的笑声在稀薄的空气中反复地抖动着。

2

父亲领着牧羊少年到了山上的寺院。

寺院的活佛微笑着望着山下的两位俗人。少顷，活佛勃然大怒，脸色发黑，指着牧羊少年，喘着粗气大声说：

“他不能进寺院当喇嘛！他在前世里杀了五百头牛，一千只羊，罪孽深重！”

牧羊少年没有惊慌。他的眼前又一次现出牧羊少女姣好的面容，一下子坐直身子，指着父亲说：

“我说过我的前世是个屠夫，他就是不信！”

父亲抬头看看活佛，看看儿子，叩头如捣蒜。

活佛现出宽容的笑容，缓缓地说：

“不必惊慌，不必惊慌，他在今生能转为人身而未变成畜生，说明他还是积了一定的德。这样吧，给他换个名字，就能冲掉他前世的许多罪孽。今日起，就叫他曲周太吧。”

父亲嘴里含混不清地说着："嘞索！嘞索！"按着牧羊少年的脖子直叩头。

这样，牧羊少年旦巴亚杰叫曲周太了，意为"逃生的狗"。

3

曲周太，这只逃生的狗又一次成了羊群的守护者。深夜，父亲和母亲把他叫到了身边。父亲说：

"既然你当不成喇嘛了，就给我们好好放羊吧。等你弟弟长大了再让他去寺院当喇嘛。"

父亲和母亲不易觉察地交换着眼色。母亲说：

"既然你当不成喇嘛了，就得给我们娶个媳妇在家里过日子。你已经不小了，你已经十八岁了。"

牧羊少年的心底油然涌起一阵莫名的喜悦，眼前一下子现出牧羊少女姣好的面容。可他极力掩饰住内心的喜悦，平静地说：

"三天之内，我给你们领一个媳妇到家里。"

4

春天是生产羔羊的季节。这时节，几乎所有的母羊后面都跟着一只活蹦乱跳的小羊羔。只有一只老母羊后面没有小羊羔，独自羡慕地看着别的母羊和小羊羔。

父亲用力踢了几脚老母羊，狠狠地说：

“老东西，不产羊羔，留着有何用？”

牧羊少年跑过来推开父亲，用身子挡住老母羊，说：

“你不能踢它！它是生你的老母亲、疼我的老奶奶的转世。只因她在前世里骂了一位得道的修行者，所以才在今世里变成了畜生。”

父亲停住脚踢，指着老母羊上气不接下气地“哈哈哈”大笑起来。笑过之后，突然问道：

“你说它是我老母的转世，可我老母生了我们兄妹三人，它却什么都生不出来呀？”

牧羊少年抚摸着自己的奶奶、父亲的母亲毛绒绒的背，极力辩解道：

“你这人怎么这么健忘啊，它曾经产过两只优等的羊羔呀！只是近两年才不能生育罢了。”

父亲指着牧羊少年和老母羊前仰后合地笑了半天，突然停住笑，狡黠地说：

“啊哈，这么说那两只优等的羊羔就是我和我弟弟了，可我还有一个妹妹呀？是不是还没有生出来？好了，不说这么多了，从今天起我就索性认这个老母羊为我的老母亲吧！从今天开始我就把它养起来，尽尽孝道！”

父亲说完提来一袋上好的饲料，倒在老母羊前面，拍拍牧羊少年的头，说：

“放羊去吧，让奶奶在家里好好享福。”

5

牧羊少年来到了面容姣好的牧羊少女面前。牧羊少年有些激动地握着牧羊少女的手，说：

“今生咱俩总算可以在一起了！”

牧羊少女极力挣脱牧羊少年的手，有些奇怪地问：

“你这么说是什么意思？”

牧羊少年有些心慌意乱，重新握住牧羊少女的手，说：

“难道你不记得了吗？开始时咱俩是一对在蓝天中自由飞翔的小鸟，咱俩的巢穴筑在某个村庄的树林里。咱俩有一个幸福的窝。你每天在窝里守护着咱俩的小宝贝们，我每天飞去很远的地方找吃食。有一天村里几个淘气的孩子掏鸟窝捉走了咱俩的小宝贝们。你不忍心咱俩的小宝贝们被那些小孩捉走，舍身去救，结果也被捉住，被他们淹死在池塘里。我回来看到你们漂浮在水面上的尸体，万念俱灰，也跳进池塘淹死了。”

牧羊少女摸了摸牧羊少年宽宽的额头，有些气愤地问：

“你不是在发高烧说胡话吧？”

牧羊少年显得更加惊慌失措，更紧地握住牧羊少女的手，伤心地说：

“这一切你难道真的不记得了吗？你该记得的呀！后来咱俩是一对凶猛的老虎。这是为了不至于使咱俩再像弱小的小鸟一样任人欺侮。咱俩在高高的山林中建起了自己温暖的窝，并且有了一对可爱的小虎仔。你每天看护着这两只可爱的小宝贝，而我每天到山林中寻找食物。可是天有不测风云，有一天我外出寻找食物时，一个凶狠的猎人找到咱们的窝，射死了你们母子三个。我为了替你们报仇雪恨，去找那个凶狠的猎人，结果落入陷阱之中，被他和他们的同伙杀死了。”

牧羊少女静静地倾听着，表面的平静下显露出些许内心的激动，眼睛注视着牧羊少年，十分温柔地问：

“亲爱的，这些都是真的吗？咱们好了这么多年，你怎么从没说起过？”

牧羊少年紧紧地握住牧羊少女的手，激动地说：

“我以为你记得咱俩的过去呢！你不可能不记得呀！”

牧羊少女完全打破了表面的平静，脸上布满内心激动的表情，说：

“这么一说，我好像都记起来了，好像是有那么一回事。现在，请你继续讲吧，我很想听。”

牧羊少年看了一眼牧羊少女激动的脸，自己也激动着，又讲了起来：

“也许是咱俩的悲惨命运引起了上苍的怜悯，

再后来咱俩投胎到了人世间。你出生在一个富裕的农民家里，我出生在一个富足的生意人家里，都是家境不错的人家。两家相隔不远，时有交往。小时候咱俩很要好，难舍难分。在我十岁那年，双方父母为咱俩订下了终身大事，准备在十八岁时为咱俩完婚。可在我十五岁那年，我的父亲被我家那个奸诈的管家害死了，并且霸占了我母亲和我家的全部家产。从此以后，我便从一个衣来伸手、饭来张口的公子哥儿一下子变成了一个流落街头的流浪儿。在我十八岁那年，我去找你父亲请求他为咱俩完婚，没想到他竟翻脸不认人，说根本没有这回事，把我像条野狗一样轰出了大门。不久，他硬把你逼嫁到了远方的一户富裕人家里。从此，我便断了你的音讯。正当我无家可归、流落街头、度日如年之时，幸好被一位好心的屠夫收养，才勉强活了下来。他见我可怜，便教会我杀牛宰羊卖肉赚钱的全部诀窍。由于生计所迫，我不得不操持这杀生的行当，宰杀了很多的生灵。我的心灵因此而无法得到安宁。每每宰杀一只生灵，我就到山上的寺院供上一盏酥油灯。我杀了五百头牛，我就点了五百盏酥油灯；我宰了一千只羊，我就点了一千盏酥油灯。

我一直在困境中等待着你。在我三十五岁那年，听说你忧郁而死了，我也就随你而去了。也许是为那一千五百个不幸的生灵点上了那一千五百盏酥油灯，这辈子我又投胎到了人世间。”

牧羊少年和牧羊少女都很激动，握紧了彼此的手，流出了真情的泪。牧羊少年注视着牧羊少女多情的眼睛，再一次开口说：

“咱俩是多么的不幸啊！但今生咱俩决不再分离，明天，我就要娶你做我的新娘！”

牧羊少女立即恢复了平静，挣脱牧羊少年的手，用手背擦掉眼泪，说：

“我是多么想和你在一起啊，可是今生咱俩又不能在一起了。昨天，我父亲已把我许配给了一户远方的人家。父亲辛辛苦苦把我拉扯大，我总不能违背他老人家的意愿吧？咱俩就祈祷着来世再做永久的夫妻吧。今晚你来吧，我为你留着门。今晚是咱俩最后的夜晚，你可一定要来啊！”

牧羊少年的脸色一下子变得死白，身体微微颤抖着。牧羊少女在他的眼中变成了一个完全陌生的女子。突然，牧羊少年“哈哈”地笑了两声。

牧羊少女用满含歉意的眼睛望着牧羊少年死白

的脸，摇了摇头，轻轻在他脸上吻了一下，说：

“亲爱的，你冷吗？”

牧羊少年毫无感觉地站起身，“哈哈”地笑了两声，大声说：

“我不认得你！我不认得你！”

随后，摇晃了一下身子，飞也似的向前跑去，惊得周围的羊群四散而逃。

6

灯火通明之中，一家人聚集在一起为老母羊祝寿。老母羊端坐在上席，高兴地望着底下。父亲谦恭地站起身对着老母羊说：

“老母亲，今天是您的八十大寿，我代表全家祝您长命百岁，扎西德勒！”

说着，示意大家一起给老母羊磕头祝寿。

看着父亲母亲弟弟妹妹极其孝顺的样子，牧羊少年的心里很高兴，眼中盈满了激动的泪水，急忙磕头为老母羊祝寿。

一阵沉闷的脚步声把牧羊少年给惊醒了。原来他做了一个梦。他一下听出这是父亲的脚步声。他的心不知怎的“突突”地狂跳起来。他立即用被子蒙住了头。随着脚步的逼近，他身上的被子一下子掀掉了。他惊恐地睁开眼睛，眼前出现了父亲老气横秋、青筋暴跳、蛮横无理的面孔。他被着实吓了一跳，同时感到胸闷气短，呼吸困难。

父亲瞪着那双充血的牛眼睛，用公牛似的声音咆哮着说：

“去把那只不中用的老母羊给宰了！今晚有客人！”

牧羊少年听了这话，惊恐地退缩着，用哀求似的声音说：

“不！不！不要这样！那只老母羊是您老母亲的转世，你不能这样！”

父亲用那双充血的牛眼睛鄙夷地瞪视着他，恶狠狠地说：

“谁信你的那套鬼话！现在我命令你，你去宰了它！”

牧羊少年惊恐地退缩着，嘴里含混不清地在说着什么。

父亲鄙夷地望了望牧羊少年惊恐的脸，冷笑一声，不由分说地抓住他的胳膊使劲往外拖。牧羊少年浑身发抖，大声地叫喊着。

父亲把牧羊少年拖到了外面的草地上。这时，母亲也不知从什么地方冲到了他的面前，瞪着血红的眼睛，恶狠狠地向他怒吼道：

“你不是说你的前世是个屠夫吗？那么，你就给我把那只不中用的老母羊给宰了！”

这恶狠狠的吼叫声回荡在整个草原上，令人心惊胆战。

正在不远处吃草的老母羊看到这情景，呆呆地站了一会儿，一晃一晃地过来了。

老母羊走过来用爱怜的目光望着惊慌失措的牧羊少年，发出了几声“咩咩”的叫声。

父亲母亲趁机将老母羊掀翻在地，找出一根黑绳子，绑住了老母羊的三条腿。立时，老母羊似乎感觉到了一丝不妙，惊恐地挣扎着，抽搐着那条没有绑的腿，发出哀求似的声音。

父亲踢了一脚正在挣扎着的老母羊，一把抓住惊慌失措的牧羊少年，又找出一根黑绳子，命令道：

“给我绑住它的嘴巴！”

牧羊少年看了看父亲手上那根黑绳子和母亲那

张冷漠的脸，又看了看正在草地上惊恐地、徒劳地挣扎着的老母羊，使足平生的力气，大声吼道：

“不！不！不！”

父亲抡起粗壮的胳臂给了牧羊少年一记响亮的耳光。立时，他镇静下来了，眼中却露出了迷惘的光。他用一种陌生的、冷酷的目光定定地望了一会儿父亲母亲那张老气横秋、青筋暴跳、蛮横无理的脸。这一望望得父亲母亲都有些心惊胆战，一丝恐惧的光很快地掠过他俩的眼睛。他俩不由自主地后退了两步。

牧羊少年木然地接过父亲手中的那根黑绳子，蹲下身，漠然地注视着在草地上挣扎着的老母羊。看到主人那种漠然而柔和的目光，老母羊不再挣扎了，反而变得十分平静。它把头伸向牧羊少年的怀抱，用那稍稍弯曲的犄角轻轻地顶了顶他的手臂，慢慢地闭上了眼睛。牧羊少年用那只捏着黑绳子的手轻轻地抚摸着老母羊的头，漠然而柔和的眼中滚出了几颗泪珠。

牧羊少年的弟弟妹妹也来到了他的身边。弟弟手里拿着一把明晃晃的刀，妹妹手里拿着一个用来盛血的大盆子。他俩都很小，但他俩用一种大人似的语气催促道：

“你就宰了它吧！你就宰了它吧！”

牧羊少年抬头望了一眼无知的弟弟妹妹，眼里滚动着泪花，说不出话来，依然用那只捏着黑绳子的手轻轻地抚摸着老母羊的头。这时，又传来父亲那公牛般的咆哮声：

“你给我宰了它！你给我宰了它！”

牧羊少年望了一眼父亲。父亲正用那双充血的牛眼睛瞪视着他。忽然，一片白雾蒙住了牧羊少年的双眼，他的眼前模糊一片。他茫然失措地转向老母羊，机械地用那根黑绳子绑住了老母羊的嘴巴。老母羊痛苦地抽搐了好一阵之后便不再动了。他又从弟弟手里接过那把明晃晃的刀，开始以漠然的神态剥老母羊的皮。许久之后，皮剥光了，那白晃晃的老母羊的身子还在一下一下地抽搐着。他喘着粗气，打开老母羊的胸腔，将老母羊一腔的热血一碗一碗舀到了大盆子里。血溅到了周围的草地上，草地上布满了黑乎乎的古怪的图案。那鲜红的血也溅到了他的手上，他的身上，他的脸上。他又扒开老母羊的腹腔，将滑溜溜的肠子一股脑儿全掏了出来。做这一切的时候，他并不知道自己在干什么，他的手只是在机械地动作着。突然，他看到了一个鼓鼓囊囊的东西。他的眼睛紧紧盯住那个东西不放，眼神中也恢复了一些生气。他用力拔开那些绞合在一起的肠子，双手轻轻托起那东西，仔细地观看着。那是一个已经成形的羔羊的胚胎。他托着那东西一动也不动。不一会儿，他的脸扭曲成了一种十分可怕的样子。这时，老母羊那被剥光了皮的白晃晃的躯体映入了他的眼中。老母羊微黄的眼皮底下那双眼睛睁得出奇的大，但没有露出丝毫的恐惧和绝望之色，只是带着一点淡淡的忧伤。立时，他的脸色变得铁青，浑身不由地颤抖了起来。他猛地看到了周围草地上乌黑古怪的图案和自己身上乌黑的血迹。当他看到一把明晃晃的、沾满血迹的刀就在自己身边时，便惊恐万状地站起身，大吼一声，头也不回地冲进了自己的帐篷。这时，夜幕快降下来了，狂风也尖利地呼啸起来，茫茫天地间显得模糊一片。

7

颤抖着身子进入昏迷状态的牧羊少年正在发高

烧、含混不清地说着什么时，有几只小手摇醒了他，同时用两种声音说：

“哥，快起来，吃肉去！”

牧羊少年感到一阵强烈的恶心，完全从昏迷中清醒过来了。嘴唇在不听使唤地哆嗦着，想说什么，却又说不出口来。最后，他憋足气，努力挤出了一个字：

“滚！”

一阵慌乱的脚步声从帐篷里消失了，随后，帐篷里又恢复了平静。牧羊少年的身子又开始颤抖起来，不一会儿便进入了昏迷状态。

在昏迷不醒之中，牧羊少年似乎听到了响亮的“哈哈”大笑声和尖利的“汪汪”狗叫声。大笑声和狗叫声很刺耳，并且伴随着狂风肆意的呼啸声。

8

天亮了，依然阴沉着，不见太阳。没过多久，阴沉的天空里飘起了纷纷扬扬的鹅毛般的雪花。一会儿，洁白的雪花便覆盖了茫茫无际的原野。

牧羊少年的弟弟妹妹气喘吁吁地跑进帐篷，摇醒正在酣睡的父亲，惊慌失措地说：

“哥哥死了！”

父亲坐起身揉了揉睡意惺忪的眼睛，用手背抹去下巴上的口水，怔了一怔，问：

“什么？死了？”

弟弟妹妹看着父亲的样子“咯咯”地笑了起来，大声说：

“是的，死了！”

父亲重新躺下来，瞪着那双充血的牛眼睛，慢慢地说：

“那么，就让他死吧！”

气球

达杰翻遍了抽屉，翻遍了枕头底下，翻遍了所有能翻的地方，最后也没有翻到那个玩意儿。

他问她的老婆卓嘎，她说她也没看到。

完事之后，他就骑着他那辆破摩托车上路了。

路上，他远远看见两个小儿子各自牵着一个气球似的奇形怪状的玩意儿在玩。

走到近处，他才看清了那是个什么。他瞪大眼睛问两个儿子：“这玩意儿哪来的？”

两个儿子也瞪大眼睛互相看了看，没有说话。

跟两个儿子一起放羊的达杰的老父亲瞪大眼睛问：“这两个孩子今天一大早就拿着这么个玩意儿玩来玩去的，这是个什么呀？”

达杰继续瞪大眼睛瞪着两个儿子，之后又瞪着老人，没好气地说："这是气球！"

老人有点不服气的样子，瞪着达杰说："你想骗谁啊？气球是圆的，这怎么是气球啊？怪模怪样的！"

达杰继续瞪着老人，语气生硬地说："这也是气球！"

老人没再说什么，转过头去，嘴里突然冒出了一句经咒："嗡嘛呢叭咪哄！"

"嗡嘛呢叭咪哄"是观世音菩萨心咒。老人不识字，念不了太多其它经文，平常喜欢把这句挂在嘴边。别人问他你就不会念点别的经文吗时，他总是笑着说："这就够了，所有的经文就包含在这里面了。你能念够一亿遍，你也就算是备好了去那个世界的资粮了。"

达杰知道这也是老人表示不满意的方式之一。他没理老父亲，自己点了一支烟，站起来继续瞪大眼睛把两个孩子手上的玩意儿一一弄破了。

那两个玩意儿相继发出"噗噗"的声音，恢复了它们本来的面目，变成两块很小的蔫不拉几的东西，萎缩在了那儿。它们原来是两支安全套。

两个孩子眼睁睁地看着他们的玩意儿突然之间变成了另外的他们不想看到的什么东西，突然间放开嗓门哭了起来。

老人这次没有念六字真言，直接扭过头来瞪着达杰问：“你干嘛把小孩子的玩意儿给弄破了？”

达杰瞪大眼睛没说话，笑了笑继续抽烟。

两个孩子揉着眼睛继续哭，声音更大了。

老人继续瞪大眼睛问达杰：“我说你没事把小孩子的玩意儿弄破干嘛？”

达杰没好气地看着老父亲说：“那不是什么好玩意儿！”

老人问：“那你刚才不是说那是气球吗？气球怎么不是好玩意儿了？”

达杰想了想，不知道该怎么解释，最后说：“那不是小孩子玩的气球，你不懂！”

老人有点咄咄逼人的样子，继续问：“那你的意思是说那是大人玩的气球吗？”

达杰这时忍不住“呵呵”地笑了。

老人瞪着他问：“你说说那是个什么玩意儿？”

两个孩子这时哭着嚷起来了：“就是气球，就是气球！”

看老人还在瞪着自己，达杰只好哄两个孩子说：“好了好了，下次我到县城给你们一人买一个彩色的气球，比这个好玩多了。”

两个孩子继续哭着，问：“你说的是真的吗？”

这时，达杰笑了，看了看老父亲说：“真的，阿爸说话算话，不会骗你们的。”

两个孩子这才破涕为笑，眼泪鼻涕抹了一脸。

老人又念了一遍六字真言：“嗡嘛呢叭咪哄。”这也是平常他用来转换情绪的一种方法，就看他用什么语气念了。老人这时的语气变得缓和了。

老人拨了一粒念珠之后问达杰：“你是去邻村借种羊吗？”

达杰说：“是，这次去借个好种羊。”

老人也会意地笑了。

达杰看着老人手上的念珠问：“你快念够一亿遍了吧？”

老人的脸上充满了一种满足感，说：“快了，快了。”

之后，他们又随便聊了几句。

之后，达杰就发动那辆破摩托车上路了。摩托车发出“隆隆”的声响，后面冒出了浓烟。

摩托车开出很远，老人还在后面喊："去了一定要借只优质的种羊回来啊，那些一般的种羊都不顶什么用。"

天快黑时，达杰已经站在邻村朋友家的羊圈边上了。

朋友看着羊圈里的几只种羊说："今年我买了几只新疆种羊，听说很不错，你也带一只回去试试吧。"

达杰也看着那些种羊说："新疆种羊肯定不错，这两年我的羊群在退化，正需要好好改良改良。"

新疆的种羊们看上去很壮硕，蠢蠢欲动地跟在一些母羊后面跑来跑去的，显得骚动不安。它们下垂的睾丸都用一块脏得都快看不清颜色的布紧紧地裹着。

晚上他俩喝了不少酒，聊了不少事情。

第二天一早，达杰的朋友就带达杰到了羊圈边上。达杰的朋友也是个壮硕的男人，他指着羊圈里的几只新疆种羊说："你自己随便挑一只吧。"

达杰看着那几只种羊，不知道该挑哪只，嘴里说："这些新疆种羊都很好，不知道该挑哪只呢。"

达杰的朋友满意地笑着，似乎达杰夸的是他。

达杰最后选中一只种羊，指给朋友看。朋友就让自己的儿子进羊圈捉那只种羊。朋友的儿子也是个壮硕的家伙，他在羊圈里追来追去追了好几圈才捉住了那只种羊。那头种羊看上去很威猛，几次差点从小伙子手中挣脱。

朋友看着达杰说："你的眼力真是不错啊，那只种羊是我花大价钱买的，居然被你一眼就看中了。"

达杰也谦虚地笑了笑说："你这会儿是不是有点舍不得了啊？"

朋友说："要不是我昨晚喝多了你的酒，我肯定不会把这只借给你的。这只我是打算自己用的。但既然话已经说出去了，你就拿去先用吧。"

达杰往摩托车后座上绑那只新疆种羊时，朋友的老婆和儿子还在旁边有点不情愿地看着种羊。

达杰返回家里时才上午九点多。

达杰把新疆种羊从摩托车后座上取下来放在地上时，那只种羊有点站不稳脚跟的样子。但过了一会儿就马上恢复正常了，精神抖擞起来了。

老人跑出来看种羊。他前前后后地看了几遍，很满意地点头。

达杰说：“这是新疆种羊，听说很厉害。”

老人走过来拿掉裹着种羊下体的那块脏布，使劲地捏了一把种羊的睾丸，说了声：“真不错！”

种羊似乎被捏疼了，发出了一声怪叫，退后一步冲过来，把老人给撞到了。达杰马上拉住了种羊。

老人没有爬起来，只是看着种羊不住地点头，露出很满意的样子，突然间嘴里冒出一句“嗡嘛呢叭咪哄”，然后说：“这种羊真是不错啊！”

达杰笑着把种羊拉过去拴在了旁边的木桩上。

这时，两个孩子也跑过来问达杰：“阿爸，你给我俩买的彩色气球呢？”

达杰看着两个孩子说：“阿爸这次没去县城，等下次去一定给你们买上。”

这时，老人也从地上慢慢爬起来了，慢吞吞地说：“这新疆的种羊就是不一样，以前只是听说过，现在见了果然名副其实啊。”

达杰听到这话很高兴，似乎老父亲夸的不是种羊，而是他。

老人从旁边的屋里拿来一块崭新的红布说：“现在得把种羊的睾丸给裹住了，这样配种的时候才有力量。”

达杰说："不是原来就有吗？干嘛用块新布？"

老人说："你看那块布多脏啊，得用块好布，得图个好兆头。"

达杰看着老人笑了笑，没再说什么。

之后父子俩就用那块红布把新疆种羊的睾丸给重新裹了起来。被柔软的新布裹住睾丸的种羊显然很不适，一下子坐立不安起来。

达杰的老婆卓嘎从屋里出来了，故意提高嗓门干咳了两声。达杰父子俩的脸上立即严肃起来，老人的嘴里又念起了六字真言。

卓嘎不看他俩，也不看新来的种羊，看着前面的什么地方说："早饭好了。"

达杰对老人说："阿爸，你先进屋吧。"

待老人进屋之后，达杰笑嘻嘻地看着卓嘎指了指种羊说："看看，这次这只种羊怎么样啊？"

卓嘎也看着种羊笑嘻嘻地笑，说："看上去跟你一样！"

达杰笑了笑，说："我怎么能跟这只种羊比，这是新疆的种羊，是最好的种羊。"

卓嘎过去给拴在另一边的那只母羊喂水。那只母羊是只老母羊，一副没精打采的样子，喝了两口就停下了。老母羊也偶尔看看新来的新疆种羊。新疆种羊也不时看看那只似乎对它毫无兴趣的老母羊。

达杰看着老母羊说："这家伙已经连续两年没产羊羔了，看来也产不出羊羔了。"

卓嘎有点担心地说："可是，它还挺听话的。"

达杰说："听话有什么用？它产不出羊羔就说明它没用！"

卓嘎拿眼睛瞪自己的丈夫，达杰有些不好意思起来，没话找话地说："你看给它喂水它也不喝。"

这时，老母羊像是好几天没喝水似的把盆子里的水喝了个精光，看着达杰和卓嘎。

卓嘎看着达杰笑。达杰看着老母羊说："这家伙好像能听懂我的话。"

卓嘎继续笑。这时，达杰却一本正经地说："过一个月咱们就得把它卖了，去交江洋下学期的学费生活费了。"

卓嘎停下笑，没有说话，过去又拿来一瓢水，倒到母羊前面的盆子里，看着母羊。这次，母羊没有喝，好像故意给达杰看。

羊圈外面传来一个男人的声音："喂，达杰，你在干嘛啊？”

达杰抬头看是乡卫生所的索南扎西，就指着拴在一边的新疆种羊说：“噢，我从朋友那里借了一只种羊，这几天准备给母羊们配种呐。”

索南扎西看了一眼说：“噢，是只新疆种羊吧，听说新疆种羊很好啊。”

达杰也看了一眼老婆卓嘎，笑着说：“听说不错，听说不错。”

索南扎西也笑着说：“那就好，那就好！”

说完准备走。卓嘎叫住他说：“周措大夫这两天在吗？怎么没看到她啊？”

索南扎西说：“她在呢，她这几天比较忙。怎么你要看病吗？”

卓嘎答非所问地说：“噢，我就是问问。”

索南扎西“噢”一声之后就走了。

索南扎西走远后，达杰突然问卓嘎：“你问周措大夫干什么？”

卓嘎赶紧说：“哦，没什么。”

早饭之后，卓嘎就一个人去了乡上的卫生所。

索南扎西正在给一个病人看病。索南扎西让卓嘎坐在旁边的凳子上等。

卓嘎四处望了望，问索南扎西："你不是说周措大夫在吗？她去哪儿了？"

索南扎西也不看他，说："她出诊去看一个病人了，等会就回来，你先坐会吧。"

卓嘎"呀"了一声，不再东张西望了。

索南扎西给那个病人开了药，仔细交代了一番。

病人走后，索南扎西问卓嘎："你哪里不舒服？我可以帮你看看。"

卓嘎有点不好意思地说："你不能看，是女人的病。"

索南扎西笑着说："女人的病我们男大夫也可以看啊，谁说女人的病就只有女大夫能看？"

卓嘎笑了笑说："我还是等等周措大夫吧。"

索南扎西有点不高兴的样子，说："看看你们，都什么年代了，思想还这么保守。"

卓嘎只是笑着不说话。

索南扎西就不理她了，拿起一本杂志随便翻看着。

周措回来后跟卓嘎打招呼，没等卓嘎开口，索南扎西就抢先说："她在等你看病呢。"

周措说："那你怎么不帮她看看呢？"

索南扎西"哼"了一声，有点不高兴地说："她说是女人的病，不让我们男大夫看，非要让你看不可！"

周措看着卓嘎笑了笑，说："明白了，明白了。"

卓嘎有点不好意思的样子。周措看着索南扎西说："既然人家不愿意让你看，你还赖在这里干什么？这会儿你就不知道主动回避一下吗？"

索南扎西又"哼"了一声说："有什么大不了的，我又不是没见过女人！"

周措笑了，看着索南扎西说："你就别吹了，到现在连个媳妇都没娶上，你还吹什么！"

说完，周措和卓嘎都笑了起来。

索南扎西涨红了脸说："没娶媳妇不等于没见过女人！我是怕娶了个媳妇连最后那点自由也没有了！"

周措和卓嘎继续笑。

索南扎西从抽屉了拿了一包烟出去了，关上了门。

屋子里只剩下卓嘎和周措。

周措这时看着卓嘎说："说吧，你怎么了？"

卓嘎犹豫了一下，说：“我想做结扎手术。”

周措说：“咳，我还以为是什么大不了的事呢。”

卓嘎不说话了。周措突然问：“你怎么突然想到做结扎手术了？”

卓嘎这才说：“结扎了省事，不用再提心吊胆的。”

周措笑着问：“不是给你们免费发了安全套了吗，也很省事啊，怎么不用啊？”

卓嘎说：“用完了，最后两个还被小孩偷去当气球玩了呢。”

说完自己也忍不住笑了起来，周措也笑着说：“你家那口子是只种羊吗？是不是到发情期了？发了那么多还不够！”

卓嘎不好意思地笑着，压低声音说：“他这两年变得差不多和年轻时一样了，没个够，我也不知道怎么了。”

周措笑着说：“你是不是让他吃了什么不该吃的好东西了？”

卓嘎也笑着说：“什么不该吃的好东西？”

周措继续笑着说：“我怎么知道啊？”

卓嘎说：“没吃什么东西，就是偶尔吃点羊肉，除此之外我们还能有什么好吃的！”

周措说：“听说羊肉那东西很补啊，你最好让他少吃点。”

卓嘎说：“他就爱吃羊肉，我有什么办法。”

两人就笑起来。之后，卓嘎又问：“你什么时候给我做？”

周措想了想说：“下个月吧，正好你们村的几个妇女也要结扎，就一起做掉吧。”

卓嘎说：“好吧。”

周措又笑着说：“要不给你先上个环？”

卓嘎问：“环？”

周措说：“是啊，环。好上，今天就可以给你上了，也保险。”

卓嘎说：“那个就算了。上次旺加媳妇上的那个东西不小心掉了，她家小女儿还当戒指戴着呢，被村里人笑话，羞死人了。”

周措就大笑起来，问：“真的假的？”

卓嘎也笑着说：“当然是真的。”

周措也笑着说：“那就算了，那就算了，那个东西确实有点不保险。”

卓嘎笑着看周措，欲言又止的样子。

周措停住笑看着卓嘎说："你还有什么事吗？要是没事了得让索南扎西进来了，要不他会以为咱俩在搞什么鬼呢。"

卓嘎这才说："能再给我几个那个吗？"

周措故意问："什么那个？"

卓嘎有点不好意思地说："就是那个，免费发的那个，还能是哪个？"

周措这才恍然大悟似的说："哦哦，明白了，直接说嘛，这年纪了，还像个小姑娘似的。"

卓嘎说："我就是说不出口。"

周措说："早就发完了，没货了，下次到了多给你几个。"

卓嘎说："那我回去了。"

卓嘎准备走时，被周措叫住，打开自己的抽屉，从里面翻出一个安全套，说："这儿还有一个呢，你要吗？"

卓嘎笑着："一个有什么用呢？"

周措也笑着："拿着吧，万一有用呢？这还是留给我自己的呢。"

卓嘎笑着问："那你自己不用吗？"

周措说："这段时间我用不着。你到底要不要？

不要我就给别人了。”

卓嘎就赶紧把那东西装进了口袋里。

达杰和卓嘎的大儿子叫江洋，在县城上初中，这会儿也放暑假回来了。回来的路上遇见了正在外面放羊的爷爷和两个弟弟。

老人见了江洋很高兴，抓住他的手问：“江洋回来了，放假了？”

江洋说：“放假了，我可以在家里待一个月。”

老人继续问：“好好，在学校里没吃苦吧。”

江洋说：“没有，没有吃苦。”

老人又仔细看了看江洋，说：“没吃苦就好，不过有点瘦了。”

两个弟弟看着江洋问：“带了什么好东西？给我们看看！”

江洋笑着从书包里拿出一本连环画给了两个弟弟。

两个弟弟说：“没给我俩买什么吃的吗？”

江洋说：“哥哥没钱，等以后有钱了再给你们买很多很多好吃的。”

然后又看着爷爷说：“给爷爷也买很多很多好

吃的。”

老人也笑。江洋就翻了一下连环画，说：“这个很有意思。”

两个弟弟就接过去饶有兴趣地翻看着。

翻了一阵之后，三弟问：“这小人书里面讲的什么故事呀？”

江洋说：“这个故事叫《和睦四兄弟》，这个学期我们学校还排练过这个节目呢，我演里面的兔子，可有意思了。”

二弟问：“这个故事讲什么呀？”

江洋说：“这样吧，我教你们怎么演吧，这样你们就知道讲什么了。”

两个弟弟一起“呀呀”地喊起来。

江洋看着他俩说：“要是还有一个小孩就好了，这个故事需要在四个小孩来演，现在咱们三个小孩怎么演啊？”

三弟指着老人说：“让爷爷演嘛。”

老人摇了摇头，说：“你们玩，我不玩。”

江洋也对老人说：“爷爷，咱们一起玩吧，你演大象，很有意思的。”

老人坚决地说：“这是小孩玩的，我不玩。”

三弟说：“阿爸还说你越老越像个小孩呢，跟我们玩吧。”

老人瞪着小弟弟，问：“他什么时候说的？”

三弟笑着说：“你跟我们一起玩，我就给你说。”

江洋也说：“爷爷，你就演大象吧，跟我们一起玩玩嘛。”

老人见推脱不掉只好笑着说：“好吧，好吧。”

江洋把他们三个叫到跟前，很认真地说：“那你们要听我的话啊，我说什么你们就得做什么。”

两个弟弟点头，爷爷也跟着点头。

江洋到处看了看，最后选了一个有树的地方。之后，江洋说：“很久很久以前，一只大象、一只猴子、一只兔子、一只鹦鹉先后来到了一片非常美丽的草地上，那片草地上有一棵很高大的结满果实的树。过了一段时间，他们想结拜为兄弟，但不知道谁大谁小，于是他们就一个个地讲述到这儿时这棵树的大小。”

然后看着老人说：“爷爷，你是故事里面的大象，这是你现在要说的话：‘我到这片草地时，这棵树已结出了果实，我在底下还吃过果子呢。’”

说完，问老人：“爷爷，你记住你要说的话了吗？”

老人说："记住了，这个故事我知道。"

江洋说："那你说一遍。"

老人就又说了一遍。

江洋说："好，没有错，爷爷你要记住你要说的话啊。"

然后指了指自己的鼻子说："我演的是兔子，我说的话是：'我到这儿时，树已经长高了，但没有结出果实'。"

然后转向二弟，说："记住你是猴子，你要说的话是：'我到这儿时，这棵树很小，只有一些枝椏'。"

之后又问他："记住了没有。"

二弟说："记住了，太简单了。"

江洋说："那你把自己的话说一遍。"

二弟又说了一遍，一字不差，江洋夸完他之后转向三弟，说："记住你是鹦鹉，你要说的话是：'我到这儿时，这棵树只是一棵小小的幼苗，我还在上面撒过几次尿呢'。"

之后，江洋突然问三弟："你是谁？"

三弟不假思索地回答："我是鹦鹉。"

江洋又问："你要说的话是什么？"

三弟想了想说："我到这儿时，这棵树只是一棵小小的幼苗，我还在上面撒过几次尿呢。”

说完，三弟笑了，江洋说：“好，你念对了。”

三弟“嘻嘻”地笑了一声，说：“真好笑，鹦鹉还会尿尿吗？”

江洋瞪了他一眼说：“你别管，书上就是这么写的。”

三弟问：“书上写的都对吗？”

江洋说：“书上写的当然对了，要不然我们学那个干吗？”

小弟弟就说：“那好吧。”

江洋看着他的三个演员问：“你们记住自己要说什么了吧。”

他们齐声说：“记住了。”

然后江洋说：“就这样，它们分出了长幼，依次结拜为兄弟，大象背着猴子，猴子背着兔子，兔子背着鹦鹉，互相尊敬，过起了美好的生活。”

这时，老人像是突然想起什么似的说：“我应该演鹦鹉才对，现在反了，我演大象我倒成了最小的了。”

吃晚饭时，卓嘎特意煮了一锅羊肉。卓嘎把羊肉捞出来放在饭桌上说：“江洋，你和弟弟、爷爷，你们好好吃吧。”

达杰斜眼看了一眼卓嘎，说：“怎么，你的意思是我不要吃吗？”

卓嘎也斜眼看着他说：“你就少吃点吧。”

达杰说：“为什么？”

卓嘎说：“没什么，就让孩子和老人多吃点。”

江洋这时拿起一块肉给了达杰，看着阿妈说：“阿爸也吃吧，这么多羊肉，我们吃不了那么多。”

达杰笑了，说：“主要是给你们吃，你们要多吃点。”

几个男人正在吃羊肉时，卓嘎的妹妹也来了。卓嘎的妹妹叫香曲卓玛，她在附近的一个尼姑寺当尼姑。大家都站起来迎接他，问候她。

卓嘎握住香曲卓玛的手问：“在寺院没吃苦吧？”

香曲卓玛笑着说：“没有没有。”

卓嘎又问：“你怎么这个时候来了？”

香曲卓玛说：“今年秋天我们要翻修寺院的大殿，寺院的尼姑都要去化缘，我听说今天江洋放暑假了，就来了，我需要他帮我。”

老人说：“好事，好事，这是好事。”

之后又看着达杰说："家里一定要多捐点。"

达杰也说："阿爸，这还用说吗？咱们家捐得多，别人家才会多捐的。"

香曲卓玛笑着说："明天开始我就要挨家挨户去化缘，江洋要帮我登记什么的，我一个人忙不过来。"

卓嘎说："江洋也没什么事，就让他帮你吧，也算为自己积德了。"

两个孩子说："我俩也去。"

卓嘎说："好好，你俩也去。"

老人接着说："明天我先带江洋去村里的嘛呢寺替他奶奶点上几盏酥油灯，这一个月来我梦见他奶奶几次了，有一次还问起了江洋。"

江洋对老人说："好好，咱俩先去嘛呢寺。"

两个弟弟也说："我俩也要去。"

老人看着他俩说："好好，你俩也去点酥油灯。"

香曲卓玛看着江洋说："江洋，你脖子上那个很大的黑痣还在吗？你一生出来你阿妈卓嘎就认出来了，和你奶奶脖子上的黑痣一模一样，真是很神奇啊。"

江洋说："还在呢，好像还变大了。"

卓嘎笑着说："因为你也长大了嘛。"

两个孩子看着江洋说："哥哥，让我俩看看那个痣吧。"

江洋说："晚上睡觉时再让你们看。"

睡觉前，两个孩子很好奇地看了江洋脖子上的黑痣，想了想之后问老人："爷爷，哥哥真的是奶奶的转世吗？"

老人说："当然是啊，这还用问吗？"

两个孩子又问老人："如果哥哥是奶奶的转世，那我俩是谁的转世呢？"

老人被逗笑了，说："你们还没有确认是谁的转世，但肯定是六道轮回之中的某一个生灵的转世啊。"

三弟说："那我做你的转世吧，那样你对我也会像对哥哥江洋一样好的。"

老人瞪了他一眼，说："我还没死呢，转什么世啊？"

两个孩子有点不解地看着老人。

吃了早饭，他们就去了嘛呢寺。

他们把酥油灯点着之后，双手合十站在佛像

前。老人一阵念念有词之后，闭着眼睛祈祷着。一会儿之后，又对三个孩子说：“现在你们也可以祈祷了。”

三个孩子也闭上眼睛像模像样地祈祷，之后睁开眼睛看着老人。老人开始磕头。他们也跟着磕起头来，故意把额头撞在木地板上，发出“咚咚”的响声。

走出嘛呢寺时，太阳已经升起老高了。两个孩子问老人：“爷爷，你刚才是怎么祈祷的？”

老人笑着说：“我对你们的奶奶说你的转世江洋来给你点酥油灯了，你不用再牵挂了。”

两个孩子又问：“那你没说我们俩也来给她点酥油灯了吗？”

老人大声地笑着：“也说了，我说你的两个小孙子也来给你点酥油灯了。”

两个孩子就高兴地笑。笑完之后，又突然问：“这样祈祷奶奶能听见吗？”

老人说：“当然能听见，只要你说心里话就能听得见。”

两个小孩“哦”了一声。

老人问两个小孩：“那说说你们俩怎么祈祷的？”

两个孩子看着江洋说："哥哥先说。"

江洋看了看老人说："其实我也没说什么，我就说我在学校里一切都很好，学习成绩也很好，请奶奶放心。"

老人又看三弟，三弟说："我祈祷奶奶提醒阿爸到时不要忘了给我们买气球。"

老人瞪了他一眼之后问二弟："你呢？"

二弟想了想，看着三弟说："我跟他的一样。"

老人随后骂了一句："没出息，要知道是这样就不带你俩来了。"

回来的路上，江洋问老人："爷爷，我真的是奶奶的转世吗？"

老人看了一眼江洋说："当然是啊，这还用问吗？你妈生下你时，我看见你脖子上那颗跟你奶奶脖子上一模一样的黑痣，我就知道是你奶奶的转世了。后来为你奶奶作法时，顿珠活佛也证实了这一点。"

江洋又问："我怎么一点也不知道呢？"

老人说："你长大了当然就不知道了，你刚会说话时还经常说一些你奶奶生前的事呢。"

江洋说："我怎么一点儿也不记得了？"

老人说："人越长大就越容易会失去一些灵性的东西。"

卓嘎和尼姑妹妹香曲卓玛坐在炕上聊天时，香曲卓玛无意间在枕头底下发现了卓嘎从卫生所要来的那个安全套。

香曲卓玛拿起那个东西看了看问："这是什么？"

卓嘎从香曲卓玛手里抢过那个东西，笑着说："给我，快把那个东西给我。"

香曲卓玛看着卓嘎手里的那个东西，一脸好奇，问："快说啊，这到底是个什么东西？"

卓嘎暧昧地笑，不说话。

香曲卓玛又问："快告诉我，那是个什么东西？"

卓嘎这才凑过身子对着香曲卓玛的耳朵嘀咕了几句。香曲卓玛立即从姐姐身边逃开，显出很害羞的样子，嘴里发出"呸呸"的声音，不敢在姐姐面前抬起头来。

卓嘎就赶紧把那个东西给塞到枕头底下了。

香曲卓玛还是不解地看着那个地方，卓嘎起身出了屋子。

江洋回来之后，就和香曲卓玛去村里挨家挨户地化缘。村民都力所能及地捐一些钱和物，还说修建寺院大殿时一定去帮忙。香曲卓玛似乎有些意外地对江洋说：“没想到村民们还是那样热情，没太大变化。”

他俩回到家时，江洋看见父亲和爷爷在羊圈里忙乎着，就过去帮忙了。待香曲卓玛进屋之后，达杰就把那只新疆种羊牵到了羊圈里。羊圈里的羊们显得有些不安，受了惊吓的样子。新疆种羊看见羊圈里的母羊们骚动不安起来。一些胆子大的母羊也主动过来谨慎地闻一闻新疆种羊身上的气味，又马上不安地离开了。

新疆种羊又盯着那只拴在羊圈边上的被喂养起来准备卖掉的母羊看，还发出“咩咩”的叫声。那只母羊有点惊慌，不敢看新疆种羊。

这时，达杰拉住新疆种羊笑着说：“这是个不中用的家伙，这个就不用你费力了，等会你好好发挥了就行了。”

老人也呵呵地笑着，看着新疆种羊。

江洋看了看那只拴着的母羊，又看看急不可耐的新疆种羊，又看了看父亲和爷爷的样子，脸上也露出一种奇怪的表情。

达杰看着老父亲说："阿爸，现在放开它吗？"

老人说："再等一会儿吧。"

他们就又等了一会儿。新疆种羊显得更加骚动不安。它看上去急于想挣脱拴住它的绳子，冲到羊群里。

老人终于解下围着种羊下体的那块红布，拿在手上看了看。那块红布脏兮兮的，沾满了种羊自己的精液。之后，老人就说："放开它吧。"

达杰放开了新疆种羊。

新疆种羊一下子挣脱达杰手里的绳子，万般饥渴地冲向羊群。

达杰和老人，还有江洋怔怔地看着冲进羊群的新疆种羊。他们看见新疆种羊跟在几只母羊后面，闻着它们的屁股。最后，新疆种羊跟定了一只母羊，追逐着那只母羊。新疆种羊在羊圈里把那只母羊追来追去的，有几次准备把前腿搭在母羊的身上，都没有成功。最后，新疆种羊终于把前腿搭在了母羊的身上，做出攻击的样子。

三个男人张大了嘴巴，一开始脸上的表情很严肃，慢慢露出了笑容。

屋里两个小孩子正趴在窗户边上，透过窗户的格子看外面羊圈里种羊配种。

过了一会儿，三弟说：“看，哥哥你看，新疆种羊趴到那只母羊身上了。”

卓嘎和香曲卓玛这时正在做饭，听到孩子说话，就走过去看了一眼说：“过来，小孩子不许看这个。”

两个孩子还是赖着不动。

卓嘎揪着两个孩子的耳朵，把他俩拉到锅台边上，让他俩帮着烧柴禾。

烧了一会儿，二弟问：“阿妈，阿爸他们把那只新疆种羊放到咱们家的羊群里是干什么呀？”

卓嘎看着香曲卓玛笑了笑说：“小孩子不许知道这个。”

说完，尼姑妹妹也笑了起来。

连续配了两三次之后，新疆种羊身上那种蠢蠢欲动的劲儿几乎没有了，它只是站在离母羊们较远的地方，显出疲惫的样子。偶尔跟在几只母羊后面闻一闻，很显然也没有那么高的兴致了。偶尔几只母羊还主动过来闻一闻新疆种羊，用头蹭一蹭它，它也不怎么理它们。

趴在窗台后面的两个孩子也看着外面说："新疆种羊现在看上去好像很累很累的样子，也没有什么精神啊。"

卓嘎过来揪着他俩的耳朵说："去，你俩去炕上玩。"

两个孩子就乖乖地去炕上了。在炕上玩时，二弟无意间在枕头底下发现了那个安全套。二弟惊喜地碰了一下三弟，偷偷给他看。三弟看了一眼那东西，又看了一眼在锅台边上忙乎的卓嘎和香曲卓玛。

卓嘎看着他俩的样子问："你俩又在搞什么鬼啊？"

他俩说了声"没什么"，互相使了个眼色，赶紧把那个东西塞进裤兜里，起身从炕上下来了。

卓嘎盯着他俩问："你俩去哪里？"

两个孩子几乎异口同声地说："我俩出去玩。"

两个小孩出去时，看见父亲达杰走过去捉住了新疆种羊。之后，他让江洋捉住了一只母羊。母羊显得惊慌失措。达杰把新疆种羊往那只母羊旁边拉，老人也过来帮忙。新疆种羊有点抗拒，但最后还是被拉到了那只母羊旁边。

三个男人很吃力地让新疆种羊跟那只惊慌失措的母羊交配。之后，他们放了那只母羊。母羊惊慌失措地跑进羊群里，回过头看着新疆种羊和三个男人。

达杰又让江洋去捉另一只母羊。母羊们似乎都受惊了，到处跑。江洋在羊圈里到处追那只没有捉到的母羊。

达杰有点生气，让老人牵住新疆种羊，过去帮江洋捉那只母羊。江洋轻轻地走到那只母羊后面，一伸手抓住了母羊的后腿，但自己摔了一跤，母羊一蹬腿就跑掉了。

达杰看着很生气，跑到母羊前面从前面堵住母羊，看着摔倒在地上的江洋说："快起来，快起来捉住它！"

江洋慢吞吞地爬起来走过去伸手抓住了那只母羊的后腿。

达杰看着儿子笑，说："抓紧了，不要让它再跑了，就剩这几个了，配完之后咱俩今天下午就得把种羊给人家送回去了，就没有机会了。"

说完过去帮江洋把母羊拉到了新疆种羊旁边。他们强迫让新疆种羊跟那只母羊交配。

两个孩子还站在原地看这些。达杰突然看见了他俩，对着他俩喊："看什么看，快去玩去！"

两个孩子就一溜烟跑了。

达杰看上去也显得有些疲惫，他看着老父亲说："我看也差不多了，今天得把人家的种羊送回去的，说好只用两天的，咱们得说话算话，明年还得求人家呢。"

老人看了看羊群说："也差不多了，还回去吧，明年的羊羔肯定好。"

达杰看了一眼江洋说："你也跟我去吧，这次还得带上一只母羊呢。"

午饭之后，他俩就上路了。路上，达杰又看见两个小儿子在路边鬼鬼祟祟地说什么，就停下摩托问："你俩在干嘛？像个贼似的。"

两个小孩其实在商量该怎么处理那个安全套，看见父亲就赶紧藏起来说："没干什么，我俩在玩呢。"

达杰瞪了他俩一眼，说："你俩等会早点回去，下午还得跟爷爷一起去放羊。"

两个小孩赶紧说："呀呀。"

达杰加了油门，看了一眼在后座上和母羊绑在一起的江洋说："抓牢啊，不要掉下来了。"

新疆种羊被夹在车把和达杰的肚皮之间，看上去很难受，但是它却一动也不动，似乎很舒服，也许是太累了吧。

两个孩子看着他们滑稽的样子就笑了，然后问："阿爸，你这次去县城吗？"

达杰想也没想就说："不去不去，我俩去还人家的种羊呢，哪有时间去？"

三弟很认真地说："万一去了不要忘了给我俩买真正的气球啊。"

达杰没理他俩，一溜烟跑开了。

待摩托车的声音完全消失之后，二弟从裤兜里掏出安全套说："这个怎么办？"

三弟想了想说："那天咱俩玩拿这个做的气球的时候，多杰那家伙不是很羡慕吗？他当时想拿他的哨子换，咱俩去找他，看看他还想不想换吧。"

二弟马上说："好，这个主意好，咱俩去找他。"

两个孩子到了多杰家门口，看见他们家的大门敞开着，就对着大门喊："多杰，多杰。"

门口的狗突然站起来把铁链拉得哗哗响，"汪汪”地叫了起来。

二弟看见狗有点胆怯，说：“这狗不会挣断铁链冲过来吧？”

三弟说：“要是跑过来，咱俩也跑。”

二弟看了一眼三弟说：“要是追上了，你还跑得过狗吗？”

三弟说：“别管那么多了，把多杰喊出来，换了东西就走。”

之后，他“多杰，多杰”地叫了起来。

不一会从大门里出来一个跟他俩差不多的男孩，问：“你俩找我干什么？”

二弟直接问：“你那个哨子还有吗？”

男孩从兜里拿出哨子，吹了吹，说：“怎么了？”

二弟说：“你那天不是想拿哨子跟我们的气球换吗？”

男孩问：“你们的气球呢？”

二弟从兜里拿出那个安全套说：“在这儿呢。”

男孩走过来仔细看了看安全套，说：“这是什么呀？这怎么是气球啊？”

三弟说：“把它吹起来就是气球了。”

男孩说：“那你吹给我看。”

三弟就撕开包装，对着嘴吹了起来。

越吹越大，开始有了气球的样子，怪模怪样的。

男孩笑了，说："呵呵，还真是个气球啊！"

两个孩子得意地笑，然后看着多杰问："换不换？"

男孩不假思索地说："换。"然后把哨子给了他俩。

两个孩子也把"气球"给了多杰，说："不许后悔啊！"

男孩说了声"好"之后，就举着"气球"跑进家里去了。

两个孩子也说了声"快走"，就吹着哨子沿着来时的土路跑起来了。

达杰的朋友很满意达杰作为回报送给他的那只母羊。达杰也极力地赞美朋友借给他的新疆种羊如何威猛，如何厉害。朋友惬意地享用着达杰的那些赤裸裸的、很直接的赞美，好像赞美的对象不是新疆种羊而是他自己。

之后，他俩喝了很多酒。喝得微醉时，达杰的手机响了。达杰让儿子江洋接电话。

江洋接了电话之后，眼睛直愣愣地看着父亲达杰的脸，说不出话来。

达杰随口问："怎么了？"

江洋开始紧张地喘气，还是说不出话来。

达杰的朋友看着江洋的样子，也盯着他看。

达杰推了一把江洋，问："到底怎么了？"

江洋这才结结巴巴地说："爷爷没了，下午放羊时从山上摔下来死了。"

达杰的酒似乎一下子醒了，问："什么？"

江洋说："爷爷死了。"

达杰和江洋赶到家里时已是黄昏时分，几个喇嘛在为亡人念经做法事，村里的一些亲戚朋友在念六字真言，气氛很悲凉。达杰似乎不太相信这突如其来发生的事，脸上一副莫名的表情，也不跟任何人打招呼，就直接跑进了父亲的卧室。卧室里有点昏暗，炕上的一个方桌上点着一盏酥油灯，酥油灯也快灭了。达杰坐在炕沿上，看着那盏快要灭了的酥油灯，流出了眼泪。

办完丧事，达杰和江洋就去了寺院。

达杰给活佛献上了丰厚的供养之后，请求活佛超度父亲的亡灵。活佛闭上眼睛，念了一些经文之后，睁开眼睛说现在你们可以回去了。

达杰似乎有话要说，犹豫了一下之后，终于开口问活佛：“仁波切，我父亲的灵魂会转世到什么地方？”

活佛看着他问：“你阿爸是属什么的？”

达杰说：“属马。”

活佛又闭上了眼睛，还不时拨动手里的念珠。达杰和江洋就蹲在那里静静地看活佛脸上表情的变化。

过了一会儿，活佛突然睁开眼睛说：“老人会再次投胎转世到你们家里。”

达杰一脸不解的样子。

活佛又补充似的说：“时间是今年。”

达杰的脸上更加地不解了。

活佛在一张纸条上写上一些经文的名字，笑着说：“回去找个僧人念念这些经文吧，老人很快就回来了。”

达杰的脸上是更加疑惑不解的样子，想问什么又终于没有说出口。

晚上，达杰把活佛说的话告诉了卓嘎。

卓嘎说："不可能，三个孩子还这么小，家里又没有其他女人，这怎么可能呢？"

达杰说："我也这么想，可是活佛就是那样说的啊。"

卓嘎说："你当时没把家里的情况告诉活佛吗？"

达杰说："我怎么说？难道我对活佛说你说的这样的事情不可能发生吗？"

卓嘎没再说什么。

第二天一早，达杰就去还做法事时从别人家里借的一些东西。回来看见老婆卓嘎坐在门口若有所思的样子，就问："你在想什么？"

卓嘎看了一眼达杰，一副欲言又止的样子。

达杰又问："你怎么了？"

卓嘎磨蹭了一会儿，最后说："给你说个事。"

达杰问："什么事？"

卓嘎说："这个月我没来。"

达杰问："什么？"

卓嘎说："我是说这个月我没来月经。"

达杰问："这是什么意思？"

卓嘎说："我要去医院看看。"

到了卫生所，索南扎西看见卓嘎进来，就笑着对周措说："我出去抽根烟。"

周措也笑了，让卓嘎坐。

卓嘎的表情有点怪怪的，看着周措动了一下嘴巴。

周措就问："你怎么了？是不是又来要那个东西了？那东西还没到呢。"

卓嘎说："我不要那个东西。"

周措问："那你来干什么？"

卓嘎说："我这个月没来。"

周措收起脸上的笑，说："不会吧？"

卓嘎说："真的。"

周措说："那就查一下，查一下就知道了。"

周措给了卓嘎一个试纸条，说："你自己去弄一下，知道怎么用吧？"

卓嘎说："不知道。"

周措就把使用方法告诉了她。

卓嘎从卫生间出来后，把试纸条递给周措大夫看。

周措看了一眼就说："你怀孕了。"

卓嘎不说话了，在想着什么。

周措问："现在怎么办？"

卓嘎开口说："我不知道。"

周措说："这有什么不知道的？赶紧拿掉吧，越早做就越少痛苦，今天就做掉吧。"

卓嘎又不说话了。

周措开导她说："你已经有三个孩子了，再生一个干嘛？咱们藏族妇女又不是天生就为了给男人生孩子才来到这个世上的。以前，一个女的生五六个、七八个孩子，那么辛苦，干嘛呀！你看我现在就一个孩子，也没觉得有什么不好。除了自己轻松，拿到补贴，孩子还能受到好的教育。"

卓嘎还是不说话。

周措说："你倒是说话呀！"

卓嘎担心地："我得回去问问达杰。"

卓嘎快步离开，周措在后面喊："卓嘎，你想清楚，再生还会罚款呢！"

卓嘎到家时，达杰在门口劈柴。

卓嘎走过来停在一边。达杰停下劈柴看卓嘎。看卓嘎不说话，达杰就问："医生怎么说？"

卓嘎还是不说话。

达杰再次问："医生到底怎么说？"

卓嘎说："我怀孕了。"

这回，达杰不说话了，若有所思的样子。

进屋后，看见尼姑妹妹香曲卓玛坐在火塘边上，就坐在了她的旁边。

香曲卓玛看着姐姐说："你怎么了？"

卓嘎想了想说："我怀孕了。"

香曲卓玛有点兴奋，说："活佛的预言多准啊，活佛就是活佛，具有看得见今生和来世的慧眼，我们常人真是无法想象啊，我们凡人有时候还怀疑，真是罪过。"

卓嘎瞪大眼睛看着自己的尼姑妹妹，说："啊，你这么想？"

香曲卓玛不假思索地说："那当然，要不然为什么偏偏在这个时候你怀上了？"

卓嘎觉得自己的身体几乎要瘫掉了，过了一会儿才说："医生建议我拿掉这个孩子。"

香曲卓玛的嘴里呼出了一声奇怪的声音，说："姐姐，你可千万不能胡来啊，亡灵既然选择某个肉身再次回到这个世界，那么拒绝他的降生对于他来说是非常残酷的事情；同时，能够成为某个灵魂依托的肉身，也是千年修得的积缘啊！”

晚饭时，达杰也突然感叹道：“活佛真是厉害啊！”

两个孩子也大概知道是怎么回事了，笑着说：“这么说爷爷很快就要回到咱们家里了。”

达杰连连点头，两个孩子就乘机说：“阿爸，你可不要忘了到时给我俩买彩色气球啊，你可是在爷爷面前答应过我俩的。你要是不买，爷爷会在天上看着你的。”

达杰似乎被惊了一下，马上说：“当然要买，当然要买。”

江洋看着他们，一直不说话。

第二天，整个村子的人都知道了这件事情。

香曲卓玛继续去化缘，回家时看见姐姐卓嘎一个人坐在院子里的一个木凳上发呆，就问：“你又在想那件事情了？”

卓嘎不说话。卓嘎端了一盆水去喂那只拴在外面的母羊。那只老母羊被喂养得越来越膘肥体壮了，见卓嘎拿来水，就冲过来要喝。卓嘎把水放在了母羊面前。母羊很快就把水喝完了，很渴的样子，看着卓嘎。卓嘎没再理它。

晚上，达杰和卓嘎在炕上躺着，都不说话。达杰看上去有点高兴，卓嘎在想着什么。达杰看了一眼卓嘎，点上了一支烟。等他抽完了，卓嘎坐起来，看着达杰说："我想拿掉肚子里的孩子。"

达杰一下子坐了起来，盯着自己的老婆卓嘎，似乎不相信她会说出这样的话，愣了一会儿才问："你刚才说什么？"

卓嘎的表情没有变化，马上说："我想拿掉肚子里的孩子。"

达杰一下子就火了，说："你这个妖女！你这个没良心的东西！老人生前对你那么好，你就不想让他转世投胎到自己家里吗？"

卓嘎说："我也不想这样，可是——"

达杰问："可是什么？"

卓嘎说："我是在为这个家着想。"

达杰扇了卓嘎一巴掌，说："要是肚子里的孩子是你父母的转世，你会这么说吗？"

卓嘎流出了眼泪。慢慢地，她哭了起来，声音越来越大，怎么也止不住了。

吃完早饭，江洋说今天我去放羊吧，达杰说还是我去吧，母羊们刚刚配完种，这个时候要好好保护它们，让它们吃饱，这样明年才会有好羊羔。

达杰走到门口，想起什么似的回头对江洋说："好好照料那只老母羊，到你开学时就得把它卖了给你交学费生活费。"

说完就出去了。

江洋拌好饲料，拿去喂那只老母羊。老母羊看见江洋来喂饲料，似乎很高兴。江洋把饲料放在母羊前面，看母羊吃。母羊很惬意地吃着。江洋看着母羊无忧无虑地吃的样子，想到很快就要把它卖给屠夫给自己当学费生活费，有点不忍，准备起身回去。

这时，香曲卓玛出来了，看见江洋就说："我去收一下昨天还没有收到的善款，有几家还没有收上。"

江洋站起来说："要不要我去帮忙？"

香曲卓玛说："不用了，不用了，就那么两三家，我一个人去就可以了。"

吃完早饭，一直闷闷不乐的江洋突然对卓嘎说："阿妈，你把你肚子里的孩子生下来吧，爷爷生前对我最好，我想让爷爷回到咱们家里。”

卓嘎吃惊地看着江洋。

达杰在山上放羊时，遇见了也在山上放羊的贡布老人。老人问他：“快满七七四十九天了吧？”

达杰说：“过两天就满了。”

老人说：“你阿爸有你这样一个儿子真是好福气啊。”

老人和达杰的父亲生前是好朋友，看见老人达杰的心里生起了一股伤感。达杰说：“其实我心里很愧疚，没有管好老人。”

老人说：“你已经很孝顺了，你阿爸能投胎到你们家，就说明他很留恋这个家，要不然不会再回来的。”

达杰说：“我阿妈死后也投胎回到了自己家里，阿爸生前也说过他死后还想回到这个家里的话。”

老人说：“你们可要好好珍惜啊，这样的缘分是很少见的。听说你家卓嘎不想要这个孩子，是真的吗？”

达杰有点紧张地说：“没有的事，没有的事。都是村里人在胡说八道。”

老人说："没有就好，没有就好。"

七七四十九天之后，家里又做了法事。

喇嘛们念了一天的经。等喇嘛们离开之后，突然停电了，屋里黑咕隆咚一片，谁也看不见谁，只能听见彼此间的粗重的喘气声。

黑暗之中，传来了尼姑香曲卓玛的声音："明天我想带姐姐到山上住一段时间。"

她的声音像是来自另一个世界。

黑咕隆咚之中没有任何回应，一片沉默，连彼此间的喘气声也听不到了。

第二天天刚蒙蒙亮，香曲卓玛就带着姐姐卓嘎离开了。

出发之前，达杰、江洋和两个孩子都起来送她俩。

最后，卓嘎小声对江洋说："到了学校好好学习，不要担心阿妈，阿妈没事的。"

江洋使劲点了点头。

过了几天，江洋也开学了，达杰就捎着江洋和老母羊去了县上。

到了牲畜交易市场，他们被羊贩子们围住了。

羊贩子们一忽儿抱起母羊掂量掂量，一忽儿又捏捏母羊的脊梁骨，一忽儿又扒开母羊的嘴巴看看，弄得江洋很不舒服。达杰只是在旁边看。最后，羊贩子们跟达杰谈价钱，讨价还价。但是达杰很镇定，咬住一个价不放，最后就成交了。羊贩子看上去不太愉快，不太情愿地数钱，最后拽着母羊走了。江洋早就跟这只老母羊混熟了，最后看着被羊贩子们拽走了，想到很快就要被他们宰掉了肢解掉卖掉，被别人煮了吃掉，心里难过起来。

达杰数完钱，把钱装进兜里，看了一眼那只老母羊，就带着江洋离开了。

到了学校门口，达杰从刚才卖羊的钱里面抽出几张一百的给了江洋，说："快去吧，阿爸就不进去了。"

江洋犹豫了一下说："阿爸，我也跟你回去吧，我不想再念书了。"

达杰瞪着江洋说："你胡说什么呢，你这样说阿爸就生气了！"

江洋没再说什么，一副忧心忡忡的样子。

达杰说："不要想家里的事情，你只要好好学习就行了。"

江洋还是没有说话。

达杰骑着摩托车走到街上时，在路边的一个摊位上看见了许多彩色的气球。

他在摊位前停住了，摊主对着他叫卖："卖气球，卖气球！"

达杰看了看那些气球，突然说："我要买两只红气球。"

摊主从众多彩色气球里面挑出两个红气球给了达杰。达杰把那两个气球拿在手里看看，又像个小孩子一样晃了晃。

摊主说："你拿在手里要小心，气球里面是氧气，小心飘到天上去。"

达杰就用生硬的汉语问："两个一共多少钱？"

摊主说："本来一个三块钱，你要两个就给你便宜一点，一共五块钱吧。"

达杰也没说什么，直接从兜里拿出五块钱钱给了摊主。

之后，他把两个红气球拴在了摩托车的车把上，气球立即飘了起来。

摊主看着他说："这样还挺好看。"

回家的路上，两个红气球一直在摩托车的车把上飘荡着，达杰看着觉得很惬意。

回到家里，他把气球给了两个孩子。

两个孩子很高兴，拿着气球使劲地跑起来。

他俩跑到一处开阔的草地上时，“嘭”的一声响，其中一个气球突然爆掉了。

他俩就抢另一个气球，最后还打起来了。突然之间，那个气球从他俩手里脱落，飘向了天上。

两个孩子长大了嘴巴，仰着头看那个飘向天上的红气球。

红气球在天上越飘越高，越飘越小，最后消失不见了。

站着打瞌睡的女孩

那时候，我还只是个小学五年级的学生。

那时候，我的作文总是被老师当作范文在课堂上念来念去的。

那时候，我们村里还没有一个大学生，我们村里的人总是说这个孩子将来肯定能考上大学，成为咱们村里的第一个大学生。

那时候，我的父母已经为我的将来骄傲了。

那时候，我自己也为自己的将来骄傲着。

那时候，我记得我写的作文的第一句话总是“在英明领袖华主席的领导下，一举粉碎了万恶的‘四人帮’。”也不知道这句话是从报纸上学来的，还是从老师嘴里听说的。

那时候，老师布置给我们的作文题目总是大同小异，也不用多想，就写下开头的那几句话。

直到彻底粉碎“四人帮”之后，我成了一名初中生，我的作文的开头的第一句话也完全地变了。我记得语文老师第一次布置的作文题目是“一件小事”。我记得那篇作文我写得很感人。在班上念的时候，也感动了很多同学。下课后，老师问我你写的这件小事是不是一件真实发生的事情，我说这不是真实发生的，这是我编的。老师就有点失望，说以后写作文不能胡编乱造，一定要写自己的真情实感。

初一开始，我就迷上了看小说。三年下来，大概看了几十本小说。初三毕业时，我的数理化一塌糊涂，基本上没有一门及格的。初中也差点没能毕业。班主任老师说我们再怎么培养你，你也不可能成为一名大学生，劝我不要再念了。我听了班主任的话，没再继续上学，就此停止了学业。这样，我也就自然而然地没能成为我们村里的第一个大学生。这令我们村里的很多人失望，更令我的父母很失望。

回到村里后，很多人找我替他们给远方的亲戚写写信，给上级某个部门写写报告什么的，我因此也在村子里有了一些名声。真正让我在村里名声大振的，是有一年公社干部来我们村里推广改良羊，带来了两只新疆的种羊，放到我们村里那些母羊中间，几个月之后产下了很多奇形怪状的小羊羔。我把这件事绘声绘色地写成一篇报道寄到了省上的报社里，很快就被发表了。报社在寄来八毛三分钱的稿费的同时，还给我寄了一张证书，上面写着“本报特约通讯员”的字样，还赫然盖着一个红色的公章。没过几天，公社的秘书也来到我们村，说公社书记很器重我，没想到咱们这儿也有这样一个知识分子。村里人很快对我刮目相看了，说这个家伙将来肯定能成为一名国家干部，很多人家主动表示愿意把女儿嫁给我。我的父母又开始为我骄傲了。

但是我最终也没能成为一名国家干部。

几年后的一天，有人来找我。那时候公社已经不叫公社了，叫乡；大队也不叫大队了，叫村。来找我的那个人是乡上的秘书，就是原来公社的那个秘书。他是开着乡上的那辆破吉普车来的。

秘书对我说：“现在有一件很重要的事要你做。”

我看着秘书说：“什么事？”

秘书说："这件事一定要保密！"

我问："到底是什么事啊？"

秘书严肃地说："咱们现在的书记你知道吧？"

我说："我不知道。"

秘书用怪异的目光看着我说："你这个人怎么连自己的父母官都不知道啊？"

我确实不知道，就说："我真的不知道。"

他突然想起什么似的说："就是以前咱们公社的书记，还夸过你是个人才呢！"

我知道是谁了，就说："噢，我知道了。还没换吗？"

秘书说："咱们的书记工作能力那么强，怎么可能随便换呢？"

我说："我还没见过咱们的书记呢？听说很胖是吗？"

秘书盯着我看了一会儿，说："哎，你这人！胖是人家富态，你想想看要是一个瘦得像猴一样的家伙当我们的书记，那不被人家耻笑死吗？"

我有点烦他，就说："你快说到底是什么吧？"

他很认真地说："是这样的——"

之后，他又犹豫了一下说："还是先不说了，你到时就知道了，现在跟我走吧。”

我说：“你不说我就不走！”

秘书说：“就是咱们书记的事。”

我说：“书记的什么事？”

秘书说：“走吧，又不是带你去上刑场。”

我问：“你这样我不放心。”

秘书说：“你不用担心，我们都安排好了。”

我还想问什么，秘书指着我的脸说：“这件事，只有你和我知道，不能让第三个人知道，就是你的父母也不能知道。要是别人知道了这事，到时我会找你算账！”

我说：“我连自己都不知道是什么事，怎么可能让第三个人知道？”

秘书说：“总之，这件事你就不用过问太多，你就把它当成一个光荣而艰巨的任务完成就是了。现在跟我走。”

一听到这话我就没再多问什么。

秘书费了好大的劲才发着了那辆破北京吉普，他和吉普车都发出了老牛喘气似的声音。

那辆吉普车平常是书记的专车，所以看见我坐在了那辆吉普车的副驾驶的位置，我们村里的很多人很惊奇，甚至一个中年男人跑上来把头伸进车窗问：“你是不是就要成为国家干部了？”

秘书显出很看不起那个人的样子，把他的头从车窗里推出去，说：“走开，走开，我们有重要的事！”

说着，秘书就发动吉普车往前开去了。

我听见那个中年男人还在后面喊：“你要是成了国家干部千万不能忘记我们啊！”

后来我听说我被北京吉普拉走后，村里很多人去问我的父母我是不是成了国家干部了，父母说不知道，还惹得很多村民不高兴了呢。

我被秘书直接拉到了县上的一所学校门口。

我们下车后，秘书把我拉进了学校里面。

学校里面有一些人走来走去的，秘书对着那些人笑，那些人也对着秘书笑。

我和秘书就坐在了一排教室旁边的一棵树下的阴凉里。

那天的天气很热，教室的窗户都开着。

我问秘书为什么在这儿，他也不说。

秘书说他出去买两瓶汽水回来，让我在这儿等着，不要走开。

秘书出去没多久，从窗户里飞出了一块被揉成一团的纸。

那团纸正好掉在了我的前面不远处。我看了看，没理它。

秘书很快就回来了，一手拿着一瓶汽水。右手那瓶已经喝了一半了。

他把左手那瓶递给我说：“喝吧，喝吧，太凉快了！”

我接过汽水，一口喝掉了大半瓶。

秘书突然发现了我前面不远处的那团纸，指着说：“这是哪来的？”

我说：“从对面的窗户里飞出来的。”

秘书说：“那你怎么不早说啊？”

我说：“说什么？”

秘书说：“说从窗户里飞出了这团纸啊！”

我固执地说：“为什么？”

秘书瞪了我一眼，就拿起地上的那团纸，扔掉手里的瓶子，拉起我说：“走。”

他把我拉进了一间老师的宿舍里。里面的办公桌上堆着很多作业本。他把那些作业本推到一边，让我坐在椅子上，然后郑重其事地打开了那团纸。

我看见那张纸上歪歪扭扭地写着四个字：“一件

小事”。

我问：“这是什么？”

秘书说：“这是个作文的题目。”

我问：“给我看这个干什么？”

秘书说：“写个作文。”

我说：“为什么？”

秘书说：“不要问为什么了，会写吗？”

我说：“当然会写，念小学时就写过。”

秘书说：“那就写吧，写个一千字就可以。”

我看着秘书，不太明白的样子。

秘书说：“一个小时之后我来拿。”

说完把自己的手表放在了我前面的桌子上出去了。

没过一分钟，他又开门把半个脑袋挤了进来，说：“好好写，一定要写好！”

我怕他烦我个没完没了，就说：“好，这个好写。”

他就把脑袋从门缝里给收走了。

我就开始写，但我不知道为什么要写这样一个东西。

我脑子里除了小时候写的那篇作文，什么也想不起来了。

我就按我记得的样子，把蹦出来的那些字写在了纸上。

半个小时就写完了。我看时间还早，就开始数字。

我数了一遍是一千一百一十六字。我又数了一遍，还是一千一百一十六字。

我没数第三遍。我又看了看表，还差十分钟。

这时，秘书进来了，说："快写完了吗？"

我说："早就写完了，等着你呢。"

秘书说："没想到你写这么快，再看一遍吧。"

我说："不用了，已经看过了。"

秘书说："这次这个作文非同一般。"

他让我有点烦，就干脆说："我只能写到这个样子了。"

他又问我："多少字？"

我说："一千一百一十六字。"

他说了声"好"，就拿着稿子走了。

中午，秘书说带我去外面的一个饭馆吃饭。

我们坐在一张桌子旁边，但他没有点菜。

我说："我们吃点什么吧，我有点饿了。"

他说："再等一会儿。"

我就要了一个馒头吃。他瞪了我一眼，没说什么。

我快吃完那个馒头时，来了一个女孩，大概十六七岁的样子。秘书见到她赶紧起来给她让座。

女孩却站着说："咱们随便吃点什么吧，我没有多少时间了。"

秘书赶紧说："好好。"

女孩仔细看了我一眼说了声"你们点完出来，我在外面等"，就出去了。

秘书在点一些随便吃的东西。我有点生气，说："怎么，不在饭馆吃了吗？"

秘书说："中午就随便吃一点，晚上再请你吃好吃的。"

说完也不等我的回答，提着东西出去了。

女孩在一块树荫下面等我们。

秘书走过去从包里拿出一些吃的让女孩吃。

秘书也拿出一些吃的让我吃。我没吃，他就自己吃了起来。

女孩一边吃一边看着我说："你怎么不吃啊？"

我说："我吃过了。"

女孩说："你吃了什么？"

我没好气地说："我吃了个馒头！"

女孩就瞪着秘书说："你怎么就只让他吃了个馒头？"

秘书赶紧说："本来是要一起吃饭馆的，怕你时间不够，就没吃嘛。"

女孩说："噢，原来是这样啊，晚上咱们吃好吃的。"

我没太理他们。

女孩吃了一点之后，对我说："今天的作文是你写的吧？"

我说："是我写的。"

女孩说："写得太感人了，我觉得这次我肯定能考上。"

我莫名其妙地看看女孩，又看看秘书，问是怎么回事。

秘书这才说："她是咱们书记的女儿，今年考大学。"

我一脸茫然的样子。

女孩看看我，又看着秘书说："我还以为他知道呢！"

秘书说："为了保密起见，我就没跟他说明。没事，他就是我们乡上的。”

女孩这才看着我说：“你写的那篇作文太好了，我抄着抄着都感动了。”

我惊讶地看着她没有说话。

她继续说：“我抄着抄着，还掉了几滴泪，忍不住用袖口擦，监考老师看见了过来问我是怎么回事，我说我被自己写的作文感动了。监考老师就笑着说那你写的作文一定很好，赶紧擦干眼泪写吧。”

说完，她就笑了。

我和秘书也看着她笑了。

她又看着我问：“你写的那件事是真的吗？”

我说：“我的小学老师也问过这个问题。”

她说：“你是怎么回答的？”

我说：“我说不是真的，是我瞎编的。”

她说：“哦，我还以为是真的呢，不过真的挺感人的。”

秘书也想说什么，她就说：“你们就聊一会儿吧，我要打个盹。”

说完就靠着后面的树睡着了，还发出了轻微的鼾声。

秘书看着我有点奇怪的样子，就说：“咱们书记的女儿有个奇怪的习惯，中午到了这个点上就要打会儿盹，而且不用躺着，站着就可以。”

我用奇怪的眼神再次看了一眼女孩。

大概过了十分钟，女孩就醒来了，说：“好了，我得去考试了，咱们晚上去饭馆吃好的。”

那天下午，我有点急事回了村子，没能和秘书、女孩一起吃上那顿饭馆里的好饭。

回去之后，我写的那篇叫《一件小事》的文章的内容总是在我的脑海里萦绕，我凭着记忆把那篇文章写在一个作文本上，寄给了报社。

过了一个月，乡上的秘书找我了。

他问我：“你是不是给报社投过一个稿子？”

我犹豫了一下说：“投过。”

秘书说：“昨天报社的给乡里打电话，让我们去问问你，你写的是真的事情还是假的事情？”

我说那是我编的。

秘书说：“我知道了，你写的是假的事情。”

秘书说：“报社的也没说你写了什么。你写了个什么？”

我说：“随便写了个东西。”

他没再问什么。

他给我带了一包烟，我打开点上一支说："你什么时候请我去县上的饭馆吃顿好吃的啊？"

秘书笑了，说："你这家伙，你还记着那事啊？"

我也笑着说："我还记得那个中午我饥肠辘辘只吃了一个馒头。"

秘书就笑，说："到时一定补上，过段时间我一定开着乡上的北京吉普接你去县上吃顿好吃的。"

我看着他只是笑了笑，没有说话。

他说："怎么？你是不相信我说的话吗？"

我说："不是不是。"

他要走时，我从我家门口的鸡窝里掏出几个鸡蛋给他带上。

给他鸡蛋时，我问他："那个女孩后来考上了吗？"

秘书说："什么那个女孩，你应该说咱们书记的女儿。"

我就笑着把鸡蛋塞到了他的兜里。

他说："她考上了，现在在省城的一所大学上学呢。书记很高兴，书记说一定要好好感谢你。"

我就说："好事，好事，上大学是件好事啊。"

秘书说："你写东西这么厉害，你怎么就没上大学？”

我说：“上大学对我来说可能就是下辈子的事了。”

秘书莫名其妙地笑着。

我也莫名其妙地笑了笑。

秘书又很认真地说：“那件事虽然已经过去了，不过还是得保密啊。那件事只有咱们三个人知道，咱们得把这件事烂在肚子里。”

我点点头表示赞同。

一个月后，我收到了报社寄来的报纸。我在上面的文艺版上找到了我寄出的那篇稿子。我看见在标题“一件小事”后面的括弧了写着“小说”两个字，右下角还有我的名字。我突然觉得变成铅字的这些密密麻麻的东西不是我写的，而是别人写的。

没过两天，很多人都知道了这件事。秘书也开着北京吉普接我了。

他一见我就说：“恭喜你的小说发表了，书记也很高兴，特意让我过来祝贺你，还让我带你去县上的饭馆好好吃一顿。”

我问：“我那个真的算小说吗？”

他说：“上次我来问你，你写的是真的事情还是假的事情，你说你写的是假的事情之后，我就知道你写的是小说了。”

我说：“我没说我写的是假的事情，我说是我瞎编的。”

他说：“都是一个意思，小说就是瞎编的，写的就是瞎编的事情。”

我若有所思地“噢”了一声。

秘书也若有所思地说：“这个小说的题目怎么觉得那么熟啊？”

我说：“是吗？”

秘书说：“是啊。”

我说：“你想不起来吗？”

秘书说：“实在想不起来。”

我说：“鲁迅也有一篇叫‘一件小事’的小说，你可能是说那个吧？”

秘书马上恍然大悟地说：“噢，就是那个，我还背过那个小说呢！不过已经不记得那里面说什么了。”

我笑着说：“那里面就写了一件小事。”

村里的很多人也知道了这件事，又看着乡上的秘书开着北京吉普来接我，就更加好奇了。上次那个中年人把脑袋塞进车窗里说：“这次你是不是真的成了国家干部了？”

我笑着说：“我没有成国家干部，我有个文章发表在了省上的报纸上了。”

那个中年人说：“发表？什么是发表？”

我说：“就是说省上的报纸上有我写的一篇文章。”

那个中年人更加兴奋地说：“那比当国家干部更厉害了，他们给了你多少钱？”

我随口说：“十块钱。”

中年人说：“我不相信。”

我说：“就是十块钱，我没骗你。”

中年人说：“那太少了，太少了，应该多给点！”

秘书把中年人的脑袋推出了窗外。

这次，秘书真的把我拉到县上的一家饭馆里吃了一顿好饭。

一个月后，我真的也就只收到十块钱的稿费。

又过了一个月，乡上书记的女儿来我们村里找我了。

我有点受宠若惊的样子，看见她就脱口而出道：“站着打瞌睡的女孩！”

她有点生气的样子，说："你称呼我的名字听着怎么那么别扭啊！"

我说："那你叫什么名字？我还不知道你叫什么名字呢。"

她喊道："怎么，你连我叫什么名字都不知道？上次没告诉你吗？"

我说："我真的不知道你叫什么名字，上次没告诉我。"

她的语气平静下来，说："哦，对不起，我还以为你知道呢。我的名字叫卓玛。"

这次，我的语气倒变得有点惊讶了，说："什么，你也叫卓玛？"

她说："怎么了？你是不是有个叫卓玛的女朋友啊？"

我说："没有，没有，我没有女朋友，我的阿妈的名字也叫卓玛。"

她笑了。

我说："你怎么来找我了？"

她说："怎么，我不能来吗？"

我说："不是。"

她盯着我看了一会儿说："我在报纸上看到'一

件小事’了。”

我说：“惭愧，惭愧。”

她笑着说：“那应该是我写的，怎么就成了你写的了？”

我有点不自在，说：“我不该把那篇文章寄给报社的，我也没想到报社会登那个。”

她还是笑着说：“我开玩笑的，那就是你写的，我当时就觉得写得挺好的，那次我的作文肯定得了高分。”

我说：“你考上大学我很高兴。”

她说：“你有时间吗？我请你去县上的饭馆吃好吃的。”

我说：“秘书上次已经请我吃过好吃的了。”

她说：“那是他请你，这次我请。”

我说：“那我请你吧，用报社寄给我的钱，这样我心里也好受些。”

她说：“报社给了你多少钱？”

我说：“十块钱。”

她说：“这么少？我以为发表文章可以拿到很多钱呢！”

我说：“没有，就十块钱。不过够咱俩吃一顿简单的饭。”

她说：“那好吧，为了不让你以后在心里长期地感到愧疚，这次就让你请吧，咱们吃个简单的就行。”

临走前，我从我家鸡窝里掏出几个鸡蛋让她带上。

她把鸡蛋拿在手上，打了个哈欠说：“我的瞌睡来了，我得站着打个盹，就十分钟。”

我赶紧说：“好好，那你先把鸡蛋给我吧。”

她把鸡蛋给了我，然后靠着一棵树打起了盹，发出了轻微的鼾声。

大概一年多之后，我又见到了她。

那年夏天，我参加了省上报社办的一个特约通讯员培训班。

一天中午，她来看我了。我也搞不清她怎么知道了我在这儿，我没问。

她的样子有点变了，一种说不出来的感觉。

她有点羞涩地看着我说：“我请你去吃饭吧。”

我说：“你现在还是个学生，我请你。”

她说：“没事，一顿饭我请得起。”

我也就没说什么。

我说："你还有站着打瞌睡的习惯吗？"

她笑了，说："有啊，怎么会没有呢？我从小时候起就有这个习惯了。每次在课堂上看闲书被老师逮着，罚我站着，我就趁机睁着眼睛打瞌睡呢。"

我笑了，说："你这个站着打瞌睡的女孩！"

她说："我记得你上次这样称呼我时感觉怪怪的，这次就好多了，感觉还挺亲切的，说实话，还没有人这样称呼过我呢。"

我有点不好意思地笑。

她说："你怎么样？有女朋友了吗？"

我摇摇头，说："还没有。"

她就说："你怎么还不找个女朋友啊？我已经有个男朋友了。"

我说："那挺不错的。"

她说："是挺不错，那个男孩挺喜欢我，我也挺喜欢他的。"

我说："那就好啊。"

她说："不过，我心里也挺烦的。"

我说："怎么了？"

她说："你还记得我阿爸的那个秘书吧？"

我说："记得，当然记得。他怎么了？"

她说："他一直在追我，每周都给我写一次情书呢。"

我说："那你怎么办啊？"

她说："我知道他从我上高中时就喜欢我，可我一点也不喜欢他。"

我说："其实他也不错的，上次还请我去县上吃了一顿好吃的。"

她就笑了，说："你这人！"

我说："我怎么了？"

她说："人家请你吃了一次饭，就那样替人家说好话！再说那还是因为我才请的你呢！"

我说："我不是那个意思。我觉得他人还是可以的。"

她说："哎，算了，跟你说你也不懂。"

我就没说什么。

她叹了一口气说："我的瞌睡来了，出门前我得打个盹。"

我说："那你就在床上躺一会儿吧。"

她说："不用，我站着眯一下就可以了。"

再次见到她是在两年以后，在她的婚礼上。她的新郎是乡上的那个秘书。他们给我发了请柬。开始我犹豫了一下，最后还是去了。

婚礼上有很多人。很多人我都不认识。那时候，她已从大学毕业，分到了我们县上的一个单位里。那个秘书还是我们乡上的秘书。

他们敬了一圈酒之后，就到了我跟前。

秘书搂着她的腰对我说："来，我们两口子敬你一杯酒！"

我喝了酒，说了些"吉祥如意""早生贵子"之类的祝福的话。

她一直看着我，最后才说："谢谢你能来！"

我笑着说："你这个站着打瞌睡的女孩结婚我当然要来了。"

她就笑了，说："从现在开始我就不是什么站着打瞌睡的女孩了，从现在开始我是站着打瞌睡的女人了。"

我说："这有什么区别吗？"

她说："这个区别就大了，你还没有结婚，你就不知道这个区别了。"

我说："是吗？"

她说："你也该找个女人结婚了。"

我说："再说吧。"

她又说："我看了你写的那些小说了。"

我说："哎，那些都是瞎编的。"

她说："编得挺好的，我喜欢看。"

我说："今天你跟平时不一样。"

她没有说话，只是看着我。

他的新郎秘书在应酬着旁边的客人。

这时，主持人把他俩给拉走了。

她走了几步之后，回头看了我一眼。

我不知那是一种什么样的眼神，但是我一下子就记住了那眼神，再也忘不掉。

主持人让他俩给客人们介绍认识和恋爱的经过。

秘书很兴奋地介绍着，我听着听着觉得秘书的讲述中有百分之七十是瞎编的，就像我写的那些所谓的小说一样。

我站在一个角落里，远远地看着在新郎旁边的她。她脸上堆着一点装出来的笑，很虚弱的样子。

后来，我看见她把头靠在了新郎的肩膀上，脸上挂着笑，看上去很甜蜜、很幸福的样子。

我一下子反应过来那是她在站着打盹。

再见到她时，她已经是一个孩子的妈妈了。

那次，我去县上办点事情，就在县城的那个十字路口见到了她。

她一见到我就站住了，她怀里的孩子就“哇哇”地哭了起来。

我走过去，看了看她的孩子。

孩子很漂亮，不到一岁的样子。

她不太理睬孩子在哭，只是看着我。

我问：“是男孩还是女孩？”

她说：“是个女孩。”

我说：“长得挺像你的。”

这时，她笑了笑，笑得有点勉强，说：“是吗？”

我不知该说什么，就说：“是啊。”

她看了一眼孩子又不说话了。

我有点尴尬，说：“他呢？”

她说：“你不知道他当了你们乡上的乡长了吗？”

我说：“我不知道。”

她说：“你有什么事可以去找他。”

我说：“没有什么事。”

她就转移了话题，说：“我请你吃个饭吧。”

我犹豫了一下说：“好吧。”

我们就去了一个很安静的饭馆。

她点了很多菜，我说咱们吃不了这么多，她说随便吃吧。

我吃了一点，她一点也不吃。

我说："孩子有奶吃吗？"

她笑了，奇怪地望着我说："没想到你还懂这个？"

我说："生下我后，我妈就没奶了，我爸只好买了一头奶牛。我是喝着牛奶长大的。"

她说："挺好的。"

她毫无顾忌地把奶子露出来，给孩子喂奶。

我看了一会儿她的脸说："你怎么了？我觉得你跟以前不一样了，你不开心吗？"

她说："你看着我像开心的样子吗？"

我就没说什么。

过了一会儿，她说："我不喜欢他，跟他在一起我开心不起来。"

我说："那你怎么还跟他结婚？"

她说："他是逼我跟他结婚的。"

我很奇怪，就问："他怎么逼你了？"

她说："就因为你写的那个叫'一件小事'的

作文。”

我不明白，继续问：“什么？”

她说：“你写的那篇作文的草稿一直在他手里，我上大学时他就威胁我要是不做他的女朋友就要把那件事情捅出去。后来——”

我一下子明白了，说：“没想到他会这样。”

她说：“哎，不说了，这些都是命。”

小孩又哭了起来。

她把一个橡皮的奶嘴塞进了孩子的嘴里，停止了哭。

她看着孩子的脸，眼睛里露出了慈爱的光。

孩子慢慢就安静了，睡着了。

她把孩子放在一边看着我的脸。

我不知道她在想什么。

她看着我的样子让我有点不自然，就问她：“你还像以前一样站着打瞌睡吗？”

她收回目光，叹了口气说：“自从结婚之后，我就没有这个习惯了。有时候累了，想站着打会儿盹，却怎么也睡不着了。”

我说：“也挺好，这个习惯不好。”

她笑了笑站起来说：“我得去看我爸爸了。”

我说："你爸爸怎么了？"

她说："我爸病了，在住院。"

我说："那他还是我们那个乡上的书记吗？"

她说："你这人真是孤陋寡闻！他早就不是了，他退了都两三年了。"

我说："如果可以的话，我也去看看他吧。"

她看了看我说："走吧。"

我在医院看到了她的父亲。

他的父亲已经瘦得皮包骨头了。我有点意外地说："我听说您不是很胖吗？怎么这么瘦啊？"

她的父亲的脸上露出一丝惨淡的笑说："哎，就这样，一下子就瘦成这样了。"

他说他早就听说过我，他还感谢我帮他女儿写了那篇作文。

我说："我当初不应该写那篇作文。"

他说："我当初也不应该做那样的事，可是为了这独生女我还是做出了那样的事。"

我设法安慰了他几句。但是从他的表情可以看出，那样的安慰已经对他没有丝毫的作用了。

半年之后，她的父亲去世了。她没有告诉我，我是从别人口里听说的。我专门去看望了她。

我去时已经办完了葬礼，家里没有多少人。

小孩在她的怀里笑着，看上去长大了一点点。

我没见到她的丈夫，就问："他呢？"

她说："办完葬礼他就走了，他说他的工作很忙。"

我没再说什么。

她说："我想跟他离，但是他不肯。"

我说："孩子都这么大了，能过就过吧。"

她说："这样过还不如死了。"

我想了想说："那就离吧，有什么离不了的。"

她说："他还是拿那篇作文威胁我。"

我说："对不起，我害了你。"

她笑了，说："要不是那篇作文，我怎么可能认识你呢！"

我没有说话，看着他。

她也看着我说："谢谢你来看我。"

我说："你不要这样说，我们认识这么多年了。"

她看上去憔悴了很多。

我看着她就像在看着另一个人。

过年时，我在县城遇见了她的男人。

他看上去也很沧桑。

他见到我还是很高兴的样子，说：“今天有时间吗？我请你去这里最好的饭馆吃顿好吃的。”

我也笑了，说：“都多少年了，你还记着那些事。”

他说：“当然记得。”

我们就去了一家高级的餐厅。

他点了很多很贵的菜，但是我不想吃那些。

我们把菜摆在桌子上，慢慢地让它变凉。

他喝了几口，脸就红了。

开始我没喝，只是看着他喝。

后来，在他的鼓动下，我也开始喝了起来。

喝完了一瓶之后，他说：“听说她父亲去世后你去看她了？”

我看着他说：“是，我去了，你不在。她说你工作忙，去了乡上。”

他说：“没错。我是在乡上。”

我说：“那个时候，你应该留下来陪她。”

他说：“她说不用我陪她。”

说着他就哭了起来。

我安慰了他几句，他哭得更厉害了。

他边哭边说："我很喜欢她，从她上高中开始我就很喜欢她。"

说着，他抱住了我。

我不知道该怎么说，也不知道该怎么办。

他抱紧我说："我是真心喜欢她，你知道吗？"

我说："我知道。"

他说："那她怎么就不知道？"

我说："我不知道。"

他说："你喜欢她吗？"

我说："你说什么呢？"

他说："她喜欢你，我知道。"

我说："你醉了。"

他说："干脆你娶她吧。"

我觉得我的脸都红了，往自己嘴里灌了几口酒就跑出去了。

一个月后，我去乡上找他。

乡上的秘书看着我的样子，在门口拦住了我。

我说："我找你们的乡长。"

秘书说："他现在在开会。"

我说："我不管，我现在就要见他！"

秘书还是拦我，我就一把推开他，冲了进去。

里面确实在开会。我顾不上那么多，直接走到他面前说："你把那篇作文还给我！"

他马上就明白我在说什么了，但是说："我不明白你在说什么，我现在在开会，开完会我们再聊。"

我撕住他的领口说："你现在就给我，你不给我今天就和你没个完。"

那些来开会的人看着我们俩，看得他的脸都红了，红到了脖子根里。

他生气了，也撕住我的领口想推开我。

我一拳就把他打翻在了地上。

乡里派出所的民警冲进来把我给带走了。

我被拘留了三天就放出来了。

我出来那天，他在门口等我。

他看着我说："你确实触犯了法律，我也没办法帮你。"

我看着他没说话。

他说："你不要记恨我，咱俩去喝酒吧。"

我俩又去喝酒了。

我俩喝了很多，吃了很多，也吐了很多。

那天晚上我睡在了他的宿舍里，早晨醒来才

知道。

我头疼欲裂，根本爬不起来。

他很早就起来熬了一锅羊肉汤在等我。

他看着我说："快起来喝个羊肉汤吧，喝了羊肉汤头就不痛了，就舒服了。"

我喝了一碗羊肉汤，果然舒服多了。

我离开时，他拿出了一张皱巴巴的纸，说："拿去吧，你的作文。"

我将那张纸拿在手上仔细地看，几乎认不出上面就是自己写的字。

他说："错不了，就是它。"

我说："我真的可以把它拿走吗？"

他说："可以，你拿走吧。"

我有点意外地看着他。

他说："你一定以为我是个卑鄙、无耻的人。"

我赶紧说："不是不是。"

他说："其实，你手里这张纸就是我对她的爱情的证物。"

我说："爱情这个东西真复杂！"

他说："你没有经历过爱情你就不懂。其实，她即便没有成为我的妻子，我也不会拿这个东西去害她的。我心里对她那么好，我怎么可能去害她呢！”

那张纸在我的口袋里待了一个月。

一个月里，我一直在想他给我说的那些话。

这一个月里，我经常自言自语地说：“爱情这东西真是很复杂！”

一个月之后，我去了县城，找到她，当着她的面准备用打火机烧了它。

她挡住了我，说：“让我再看一遍吧。”

我就让她看。

她很仔细地看了一遍之后说：“我可以留着它吗？”

我说：“这个东西不好，还是让我烧了它吧。”

她没有说话。

我打着打火机，燃着了那张油腻的、皱巴巴的纸。

那张纸在燃烧时冒出了一缕很奇怪的烟雾。

她看着那烟雾的眼神很迷离。

一年以后，她和他离婚了。

再过了一年，我和她结婚了。

她经常靠在我的肩膀上说：“我要像以前一样打

个盹。”

我就直直地站着，让她靠在我的肩膀上。

她靠在我的肩膀上，就像是真的睡着了一样。但是过了十分钟之后，她说：“我再也不能像以前一样站着打瞌睡了。”

我说慢慢会好起来的。

她就看着我笑，看上去很开心的样子。

她的女儿已经六岁了，叫我爸爸。我从心里觉得幸福，就像自己有一个女儿。

过了十年，她死了。她女儿很悲伤，我也很悲伤。

她死后，我经常想起我们在一起的日子。我能想到的都是些幸福的事情。

甚至，她临死的时候的样子也让我觉得很幸福。

她死的时候脸上的表情很安详。她抓住我的手说：“将来一定要让女儿读大学。”

我点点头。

她又说：“你一定要教她好好写作文。”

我又点点头，微笑。

她像是记起了一些往事似的很甜蜜地微笑。

我看着她笑，眼眶里的眼泪却不停地打转，只是没有让它掉下来。

她说："你就让它掉下来吧，这样我就能记住你对我的好了。"

眼泪最后掉到了她的额头上。

一年以后，女儿十七岁了，很漂亮，像她的妈妈。

那年夏天，我带她去考大学。每次考试，我都在教室外面等她。

那天上午考完语文，女儿跑出来了。从她的样子我看不出她考得好还是不好。

我就问她："考得怎么样？作文题目是什么？"

女儿说："先天下之忧而忧，后天下之乐而乐。"

我说："写得好吗？"

女儿说："我说不准有没有写好。"

我说："这个题目应该是好写的。"

女儿说："这么大的题目，太累了。"

我就没说什么。

我给她零食吃，我给她饮料喝。

她好像一点胃口也没有。

我不知所措地看着她。

她说："你就让我靠着你的肩膀站着打个盹吧，就十分钟。"

死亡的颜色

那天，在去看尼玛的路上，我一直在想，见到尼玛该说什么呢，但我始终也没想好该说什么。

去之前我给尼玛打了个电话，说："我回来了，要去看看你。"

他在电话那头"嗯"了一声就把电话给挂了。

尼玛有一个弟弟叫达娃，他们俩是双胞胎。其实尼玛就比达娃从娘胎里早出来那么几分钟，但这就让他名副其实地成了一名哥哥。

尼玛和达娃的父母很早就死了，所以抚养弟弟达娃的任务就落在了尼玛的头上，在遇到一些麻烦事情时，尼玛总是说："我这个哥哥当得冤枉啊，我就比他早出来了那么几分钟，要是他早出来那么几分钟就好了。”

尼玛是个精明能干的小伙子，大家都愿意和他交朋友，但大家都不愿意和他的双胞胎弟弟达娃交朋友，大家都说他脑子有问题。但是尼玛不愿意承认这一点，他总是说他只是还没有长大罢了，等长大了就好了。

直到达娃长到十六岁，摸了卓玛的奶子之后，尼玛才气愤地对达娃说：“你确实是脑子有问题！”

尼玛这样说的时候，达娃还是呵呵地笑着。

卓玛是尼玛的女朋友，是个大美人，小伙子们都喜欢盯着她的脸看。所以我对尼玛说：“谁让你找了这样一个大美女呢，连一个脑子有问题的都知道她很漂亮。”

尼玛说：“也许他到了十八岁就真的什么都明白了呢。”

我呵呵地笑，卓玛却很生气的样子，我就假装安慰卓玛：“你应该感到高兴才对啊，你看一个脑子有问题的家伙都知道你很漂亮，那说明你不是一般的漂亮啊。”

尼玛在笑，达娃也在笑。卓玛还是一副很生气的样子，我就没再理她，我知道她心里其实高兴着呢。卓玛喜欢别人用不同的方式夸她有多漂亮。她是个聪明的女孩，她肯定知道这是最高级的夸奖。

在确认达娃的脑子有问题之后，尼玛有时候也会很无奈地说：“哎呀，就是他比我早出来那么几分钟又有什么用呢，他这个样子我还是得照顾他，谁让我们是兄弟呢。”

因为这个双胞胎弟弟，尼玛和他的女朋友卓玛也经常闹一些别扭。卓玛一心想和尼玛结婚，可是尼玛总是说：“再等等吧，等达娃好点了咱们再结婚吧。”

卓玛总是很生气，说：“他都摸哥哥的女朋友的奶子了，你还指望他好到哪里去？”

这样一说尼玛就不理卓玛了。

卓玛虽然很漂亮，有很多人喜欢，可她就是喜欢尼玛，所以也不敢再多说什么。

其实有一段时间我也喜欢过卓玛，但是我知道这辈子我是没有这个福气和机会了。卓玛也知道我曾喜欢过她，所以平时很信任我，有时候暗地里对我说：“你能相信这两个人是双胞胎兄弟吗？一个精明能干，一个连自己的鼻涕都收拾不住；一个英俊潇洒，一个连五官都长得不是位置。”

我有点不高兴，但也感叹着说：“这世上的事就是这么奇奇怪怪，说不清道不明的。”

卓玛只是摇着头叹气。

然后卓玛也看出了我的不高兴，笑着说：“其实你也很能干，很英俊。如果没有尼玛，我肯定就喜欢你了。”

卓玛以为她的话安慰了我，但是听了她的话，我的心里却更加酸溜溜的了。

我觉得卓玛有时候是个很傻的女人。

说起达娃的长相，不是我耸人听闻啊，确实是有点吓人。他的五官几乎可以说长得都不是位置，我相信只要一个女人看了他第一眼就不愿意再看第二眼了。

在卓玛面前，尼玛总是会做出很爱达娃的样子。所以卓玛就更加地佩服他，在她的父母兄弟姐妹们面前说尼玛是一个真正的心地善良的人，还说她没有看错这个人。她的亲人们也很赞同这一点，支持她和尼玛交往。

达娃似乎也知道自己只有尼玛这样一个亲人，只会对他撒撒娇什么的，对别人一般也不会做出什么亲昵的举动，除了那一次出人意料地摸了卓玛的奶子。

虽然这样，有时候，在卓玛不在的时候，尼玛其实也烦达娃，烦得他实在受不了了，就会说："要是你这家伙死掉了，我就能娶卓玛了。"

尼玛第一次说出这话的时候，自己也很吃惊。怔怔地看着达娃的脸，但是达娃的脸上几乎没有什么反应，依然乐呵呵的样子。以后尼玛再说这句话的时候就有点肆无忌惮了，几乎成了他的口头禅。但这句话他从不在卓玛面前说。

他这句话听得我也很不自在，每次都忍不住要多看上他几眼，对他说："对自己的亲兄弟你怎么能说这样的话呢？"

他却毫不在乎地说："你要是有这样一个双胞胎弟弟，时间长了你也会这么说的。"

因此，有时候我就想自己怎么就交了这么一个朋友呢。

这样的时候，尼玛似乎能看出我的心思，说："死了其实挺好的，我的父母死了，他们就不用那么辛苦地养活我们了。要是我死了，我也就不用那么辛苦地养活达娃了。要是达娃死了，他也就不用那么辛苦地活着了。"

我却有点假惺惺地说："你知道佛经上说能够投胎为人是多么的不容易吗？"

尼玛说："我知道那个，但是我觉得死就是比活着容易些。"

走到半路时我还在想着见了尼玛我该说什么，但我还是不知道该说个什么。

我突然听见前面一阵吵吵嚷嚷的声音，就抬头望去。一帮人在围着什么议论纷纷着。

我走过去，那些人都没有发现我。

我也挤进去看。发现路边的猪圈里一头猪被什么东西咬得面目全非的样子。

我问旁边的一个人："这是这么回事？"

那个人用奇怪的眼神看了我一眼说："怎么回事？这头猪被另一头猪咬死了，咬成这样了。"

我很惊奇，说："什么？猪咬死了猪？以前从来没听说过。"

那个人就不理我了。

我听见他们在争论这头被猪咬死的猪到底能不能吃。有些人说，能吃，有什么不能吃的？有些人说，都咬成这样了，肯定不能吃了。还有一些人说，不要再争了，都咬成这样了，就烧了吧。最后，所有人都纷纷说，烧吧，烧吧，烧掉算了。

我离开了这些人。一回到路上，那个困扰我的问题又回到了我的脑子里，但就是想不出该说什么。

就在半个月前，尼玛的弟弟达娃被一辆卡车撞死了。看见的人都说随着一声刺耳的刹车声，达娃的躯体几乎就在半空中飘起来了，然后又轻轻地落在了地上，就像是一件破棉衣。等尼玛赶到时，达娃已经死了，虽然面色苍白，但五官却像是被整过容似的，很像一个正常的男人的脸了。

尼玛边哭边说："你这家伙死了倒变得英俊了。"

这时候，司机早就开着车溜掉了。一些人提醒尼玛赶紧去报案，抓住肇事者，他却说："还是算了吧，我觉得应该是达娃的错，因为他的脑袋有问题嘛。"

在他弟弟出事的时候，我人在外地，走不开，就没能赶回去。

关于他弟弟的死都是我听说的。

我现在赶回来，就是为了去看看他。我听说达娃的丧事办得很简单，因为没赶上，所以心里有一些遗憾。

快到他家时，我还是不知道见了他我该说什么。这样的时候，却想不出一句话来，真是一件很恼人的事。

除了他的弟弟之外，我想我应该是他最亲近的同性朋友。这一点他也跟我说过好几次。

因为这样的关系，对于他弟弟的死，我觉得我也好像有什么责任似的，心里有一种忐忑的感觉。

见到他时，没等我开口他却开口了，他说："我这个该死的家伙，是我咒死了达娃。"

这样，我就更不知该说什么了。

他继续说："要是我不经常把那句咒他的话挂在嘴上，也许他就不会死了。"

这时我才说："你是因为疼他才那样说的。"

我没想到我见到他时的第一句话是这个。

他这才看着我的脸说："你真的这样想吗？"

我点点头。

他却说："但有些人说就是因为我经常那样说他才会这样的。"

这时，我才似乎找到了一句比较合适的话："生死无常啊，谁都可能会遇到这样的事。"

说完，又觉得这句话很傻，很不合时宜。

这句话没起什么安慰的作用，反而激起了他的一些愤怒，他说："该杀了那个喝血的司机，撞了人就那样溜了，要是我抓到了他，我一定要剥了他的皮、抽了他的筋！"

看着他的脸，我有点惊讶，不由地说："生死无常，不要太往心里去了。"

我觉得这句话说得恰到好处。

这时他却一把鼻涕一把眼泪地哭起来了。

他把鼻涕眼泪一把擦掉，往裤子上一抹，说："我怎么能不往心里去啊，是我害死了他。"

说完就像个孩子一样大声地哭起来了。

我很惊讶，因为之前我从来没有见他这样哭过。

他哭着说："你记得有一次咱们放羊，我说我想把他推到悬崖里的事吗？"

我记得，我就点点头，我记得我当时很惊讶。

他继续哭着说："我这是怎么了？我当时是真的想把他推到悬崖里的。当时我的心肯定是被什么魔鬼给捉住了！我肯定是在魔鬼的指示下把他给咒死了。"

我说："这只是一次意外，我发誓这件事不是因为你才发生的。"

我觉得我又说了一句很傻的话。

他怔怔地看了一会我的脸，哭声就慢慢变小了。

但他还是小声地哭着，说："出事那天，我虽然不在现场，但是我感觉到出事了。"

我有点惊讶，看着他的脸，等他继续说。

他顿了顿之后完全停止了哭泣，很认真地说："那天我看见死亡的颜色了。"

我很惊讶，等着他继续说。

他说："我没想到死亡是有颜色的。"

他又停下了，我又等他继续说。

他说："看到那个颜色，我就知道达娃已经出事了。"

我的心里很好奇，想着死亡是个什么颜色，但又觉得这个时候不能这样想。

他又说："那是你在世间几乎看不到的一种颜色，你看到那个颜色，你就会知道死亡已经来了。"

我的脑子里一直被死亡是个什么颜色这个问题迷惑着，之后谈了些什么就不记得了。

直到我陪尼玛吃过晚饭之后，我才注意到了卓玛没有出现在他的身边，就问："卓玛呢？"

他说："自从办完达娃的丧事之后她就不理我了。"

我说："为什么？"

他说："不知道，女人嘛。"

我就没说什么。

他又说："明天你去看看她吧。"

第二天，我就去看卓玛了。

在去卓玛家的路上，我遇见了几个熟人。

他们问我："你去看尼玛了吗？"

我说："去了。"

他们就点点头，很严肃的样子。

之后，他们又问我："你现在去哪里？"

我说："我替尼玛去看看卓玛。"

他们脸上的表情就变了，说："去吧，去吧，快去吧。"

我不知道他们什么意思，径直去了卓玛家。

卓玛一见到我就扑进我的怀里哭起来了。

卓玛在我的怀里哭了很长时间，我也没阻止她，任她怎么哭。

哭完之后，她却说："你喜欢过我是吧？"

我很严肃地说："这个时候你怎么问这样的

问题？”

卓玛说：“我知道你喜欢过我，你现在就娶了我吧。”

我惊讶地看她的脸。

她的表情很自然，说：“现在我只想找个真正喜欢我的人把自己给嫁了。”

我问：“那尼玛呢？”

她说：“他不喜欢我，他心里只有达娃。达娃死了之后我才彻底地明白了这点。”

我把她从我怀里推开，说：“不可能，尼玛一直都很喜欢你。”

卓玛说：“以前我也这样想，但是现在我终于明白了，他的心里没有我。”

我问：“为什么？”

卓玛说：“我知道了，反正他的心里没有我。”

我说：“那你也得说个理由啊。”

卓玛含含糊糊地说：“这个不好说。”

我说：“有什么不好说的，你总得说个理由啊。”

卓玛想了想，说：“大概十天前吧，办完达娃的丧事之后，尼玛就跑到我的家里兴奋地对我说咱们结婚吧。我很高兴，我当然高兴啊，因为这是我梦寐以求的事。但是我又说，等过一阵再说吧，现在这个时候不合适。他说咱们现在就结婚，我已经等不及了。我也就没说什么，算是默默地答应了。”

说到这儿，她就停住了。

我看着她说：“这不是挺好吗？你不是一直就想和他结婚吗？。”

卓玛却说：“不是，他不是因为喜欢我才想和我结婚的。”

我说：“那是什么？”

卓玛不说话了。

我看着她的脸。她的脸慢慢地变红了。

过了一会儿她才说：“那天晚上他就想要我，我也很愿意给他。但是之前他总是很谨慎，做之前总是准备着套子，说要是有了什么意外就麻烦了。那天他却没用套子，我有点奇怪，就问他，你怎么不用那个东西了呢？他说他想要个小孩。我说我们还没结婚呢，这怎么行呢。他说他找上师算过，说他弟弟达娃的转世会在四十九天之内转到自己家里，还说要是不抓紧就来不及了——”

说到这儿她就停住了。

这时，我也不知该说什么了，也不敢看她的

脸，好像我做错了什么事似的。

她却说："这下你明白了吧？他心里除了他弟弟之外，还有我吗？他只是把我当成了一个工具。"

我把头埋得更低了。

我不知道她有没有在看我，我听到她继续说："之后，我就把他给一脚踹下了床，赶出了家门。"

这时，我抬起头看她。

她说："我再也不想见他了。"

她也盯着我的脸看。

我又低下了头。

她说："我现在只想找个喜欢我的人嫁了，你到底要不要我？"

我想了想，又抬起了头，说："你要知道尼玛才是最喜欢你的人。"

她冷笑了一声狠狠地说："我已经知道了。"

我又说："你知道在达娃生前尼玛经常对他说的一句话是什么吗？"

卓玛问："什么？"

我说："尼玛经常对达娃说要是你这个家伙死了我就可以娶卓玛了。"

卓玛振作了一下，有点意外地看着我。

我说："他只是在你面前从来没有说过这句话。那时他是怕失去你，现在他又想留住达娃呀。你要知道你和达娃就是他生命里最重要的人。"

卓玛微微张着嘴巴看着我。

我说："快去看尼玛吧，这个时候他最需要你。"

出门之后，我又想起尼玛说的话，就问卓玛："尼玛跟你说过他看见死亡的颜色的事吗？"

卓玛说："说过，那些天他净说些奇奇怪怪的话。"

我说："那你问过他死亡是什么颜色吗？"

卓玛说："我被他弄成这样，哪有心情问这些个奇奇怪怪的事啊。"

到了那个岔路口时，我们就分开了。

分开时，我对她说："快去吧，好好陪尼玛吧。"

卓玛点点头就走了。

我又说："告诉尼玛过段时间我再去看他。"

赤脚医生

“赤脚医生到了！”一个比我还小的小孩用尖细的嗓音喊道，喊完之后小孩就不见了。

接着有人就上气不接下气地出现在我家门口了，有点拘谨，背着个药箱子，看上去还有一点驼背。他就是我们在等的赤脚医生。我之前没有见过他，但跟我想象中的样子很接近。

天已经快黑了，外面下着大雨，还有此起彼伏的青蛙的叫声。

我父亲用手电筒照着赤脚医生的脸说：“你怎么才赶到啊？”

赤脚医生的身上全是泥，显然他在路上摔倒了好几次。他擦了一把脸上的雨水，不安地看着我父亲，说：“我是从另一个村子赶来的，一路上小跑着没有停下过，感觉肺都快要从嗓子眼里吐出来了。”

我父亲瞪着他不说话。

这时，外面的青蛙又此起彼伏地叫了起来，赤脚医生就说：“刚才在你家门口还踩到了一只青蛙，好像给踩死了。”

我们都没有理他。

我父亲是我们这个村的村长，我们村里的人都有点怕他。可以看出，赤脚医生也有点怕我父亲。

最后，我父亲瞪了他一眼，说：“还磨蹭个什么呢？快去救人啊！”

赤脚医生就赶紧问：“孕妇在哪里？”

我父亲指了指我家院子里的小木屋，说：“就在那里面，里面有很多女人守着呢。”

之后，一个女人把赤脚医生带进了小木屋。

从赤脚医生进门到他进了那间小木屋，我一直在拿手电筒照着他的脚看。发现他穿了一双被泥水完全弄脏了的皮鞋，我有点意外，也有点失望。我开始以为他肯定是光着脚来的，藏语里“赤脚医生”就是光着脚的医生的意思。那一年，我八岁。我对他充满了好奇心，尤其是对他的脚。

等赤脚医生一进小木屋，我就回头把我的困惑对我父亲说了出来：“阿爸，他怎么还穿着双鞋呢？”

我父亲有点没有反应过来我在说什么，盯着我的脸看。

我赶紧解释说：“赤脚医生不是不穿鞋的吗？他怎么就穿着鞋来了？”

我父亲“哈哈”大笑起来，笑过之后严肃地说：“谁说赤脚医生就不能穿鞋了？这些赤脚医生整天跑来跑去的，跑那么多地方，不穿鞋怎么可以啊？”

我还是执着地问：“那他们怎么叫赤脚医生？”

我父亲说：“那只是个说法而已！”

我还是没有明白。

这时，我父亲说：“你快进去看看怎么样了？”

我进去待了一会儿就出来了，对我父亲说：“他们还在围着我姐姐忙乎着呢，我姐姐还在呜哩哇啦地叫个不停呢，其他女人们也呜哩哇啦地叫个不停呢。”

我父亲问：“那个赤脚医生在干吗？”

我说：“赤脚医生也在忙着呢。”

我父亲脸上有点不高兴的样子，不看我看着那个小木屋的门说：“现在的这些女人也真是，生个娃娃都这样！生个娃娃真有那么难吗？撇开大腿使劲憋口气不就出来了吗？真是的！”

我对我父亲的话有点莫名其妙，不知道他在说什么，不知道该怎么回答他。

从小木屋传出的我姐姐的哭叫声一声大过一声，充满了整个院子。我阿爸的酒友尼玛大叔和他的老婆卓嘎也被我姐姐的哭叫声吸引过来了。尼玛大叔和他的老婆似乎是刚从被窝里爬起来的，披着个袍子，边走边揉着眼睛。

尼玛大叔对我父亲说：“怎么还没生出来吗？”

我父亲说：“还没有呢！赤脚医生来了也没有生出来。”

尼玛大叔说：“现在的女人生个娃娃怎么就这么麻烦呢？要是以前自个儿就生出来了。听说我阿妈生我时就是在田间地头生下来的，她说那会儿她还在割麦子呢，还没反应过来是怎么回事就已经生下来了！”

我父亲说：“现在的人不能跟那时的人比了！”

尼玛大叔的老婆也感慨了两句：“做个女人真是难啊，生孩子拉扯孩子受苦受累不说，到最后男人们还一点儿也不理解！”

尼玛大叔对老伴的感慨有点不耐烦，让她赶紧进小屋去帮忙。

看着自己的老伴进了那间小木屋之后，尼玛大叔对我父亲说："咱俩在这儿干着急也没啥用啊，还是去我家喝两口吧！"

我父亲很认同地点了点头，跟着尼玛大叔走了。走出大门后，他又回来站在门口对我说："你姐姐生了就过来喊我啊！"

我赶紧说："我也不想待在这儿。"

我父亲说："你不许离开这儿，半步也不许离开这儿！"

半夜时分，我姐姐撕心裂肺、惊天动地、一阵高过一阵的哭喊声停止之后，大家都无精打采地出来了。大家的表情都很沉重，都不说话。

我赶紧问赤脚医生："我姐姐生出来了吗？"

赤脚医生有气无力地说："你姐姐生出来了。"

我问："那我怎么没有听到小孩的哭叫声呢？"

赤脚医生说："已经死了。"

我也没怎么想就赶紧往隔壁尼玛大叔家里跑。我跑进尼玛大叔家的客厅时，发现尼玛大叔和我父亲已经喝醉了，东倒西歪地躺在那儿。他们前面的桌子上、桌子底下也东倒西歪地躺着几个空酒瓶子，也像是喝醉了的样子。我觉得尼玛大叔和我父亲躺着的样子和那几个空酒瓶子很像，就忍不住笑了出来。之后，想到我父亲交给我的任务，就使劲推了推我父亲。但是我父亲嘴里含糊不清地说着什么话，只是一个劲地挥手，最终也没有醒过来。

我是在第二天吃早饭时才看到我姐姐的。我以为我姐姐的表情会是很悲伤的那种，但是我姐姐像是什么事也没有发生过似的，说说笑笑的，和以前没有什么两样。我父亲和我母亲也用有点奇怪的眼神看着我姐姐。

白天就那样过去了，没有发生什么让我感到意外的事情，我有点失落。

吃晚饭时，我父亲像是终于忍不住了似的对着我母亲说："真可惜啊，可惜咱们家少了一个人！少了一个人就等于少了一个劳力啊，而且还是个男劳力！"

我母亲瞪了一眼我父亲，又小心翼翼地看了一眼我姐姐。

我姐姐突然停下吃饭，像是想起了什么事，发了一会儿呆，之后就忍不住地抽泣起来，浑身发抖，完全没有要停下来的意思。那天晚上我有点饿，想把碗里的面赶紧吞到肚子里去，但吃了两口就再也吃不下去了。

我姐姐正哭得忘乎所以时，我父亲突然说了一句："我明天一定要找那个混账赤脚医生算账！"

之后，停顿了一下，动了几下嘴巴，显出继续要说什么的样子。我母亲给我父亲使了个眼色，我父亲就把已经冲到嗓子眼的话又咽回去了。

我父亲一口把碗里剩下的面一股脑儿灌进了肚子里。

我姐姐放下碗跑出去了。

之前，我姐姐也多次这样跑出去过，不管不顾我父亲母亲的劝告。我父亲母亲骂她，她就哭，像个泼妇一样。

之前，我姐姐有个相好。那个男人长得很英俊，眉毛眼睛鼻子嘴巴都好看，村里好多姑娘都想跟他好。我姐姐的眉毛眼睛鼻子嘴巴也很好看，村里好多小伙子也想跟我姐姐好。后来，他俩就好上了。他俩好上之后，我父亲母亲就极力反对，千方百计地阻挠，但也没什么用，他俩就那样好下去了。

一开始，那个男人不是我姐姐的相好。那个男人是村里另一个女人的相好。那个女人是个有夫之妇，长得也不是很好看。小孩们都说那个女人很浪荡，不知道这么个英俊男人怎么就喜欢上她了。后来，浪荡女人的男人找了他的几个表兄弟收拾了一顿那个英俊男人，他们就没在一起了。那次差点还把那个英俊男人的好看的鼻子给整歪了。我看见有一段时间那个英俊男人老是用手捂着鼻子，不让人看见。浪荡女人的男人在村子里到处吹嘘说他把那个英俊男人的鼻子给打歪了，要是还不听话就要把他的嘴巴也打歪。后来，不知怎的，我姐姐就跟他好上了。也有村里人说他们俩才是最般配的一对，男人英俊，女人漂亮。一年以后，就在我父母也快要接受这个现实的时候，那个英俊男人不见了。没过几天，那个浪荡女人也不见了。村里人都说他俩私奔了。那时候，那个浪荡女人还生了个女儿，村里人说那个女人太浪荡了，心太狠了，连自己的亲生女儿也舍得抛下。有人说他俩去拉萨了，也有人说他俩去了内地的上海广州之类的城市了。总之，他俩再也没有回来。那个英俊男人消失之后，我姐姐的肚子就一天天地大起来了。等大到一定程度之后，我母亲就对我姐姐说："你要生孩子了。"我姐姐点了点头，脸上露出苦涩的微笑。

第二天一大早，我父亲就把我从被窝里拽起来，说："快起来，快起来，咱俩去找那个混账赤脚医生算账！"

那时候，我们家算是我们村里的富裕人家，具体的象征就是我父亲拥有一辆三天两头就出毛病的二手嘉陵牌摩托车。我和我父亲出门骑上了那辆摩托车。我父亲故意把油门开得很大，让摩托车发出很大的声响，让摩托车从屁股后面冒出很大很浓的烟雾。

那天早晨的天气很好，但是空气里面充斥着一种很奇怪的味道，到现在我也记得那种味道，那种味道太怪了。村里人似乎感觉到了什么，都扭过头来看我们俩。一些能跟我父亲搭得上话的长者提高嗓门喊："村长大人，你这么着急是要去哪里啊？"

他们没有提到我，故意忽略我，连"你们"都不说，这让我有点生气。

我父亲也不理他们，反而把油门给加大了。

那些长者就互相说："我们的村长今天这是怎么了？是不是发生什么大事了？"

我父亲还是不说话，不理他们。

我对我父亲的表现很满意，对这些小看我的人就得这样。看他们可怜巴巴地望着我们的样子，我就替我父亲大声喊道："我们要去找那个混账赤脚医生算账！"

长者们就忽然明白了什么似的说："噢，原来是这样啊，这样我们就放心了。"

我对他们的回答很不满意，也不知道他们是什么意思。

我和我父亲赶到邻村赤脚医生家里时，赤脚医生不在家。赤脚医生的母亲跑出来迎接我们。显然她也认识我父亲，脸上立即堆起了笑。

我父亲看着赤脚医生的母亲说："你儿子呢？"

赤脚医生的母亲回答："我有三个儿子，你说的是我哪个儿子呀？"

我父亲看着她说："你就不要装了，我说的就是你那个当赤脚医生的儿子！"

赤脚医生的母亲立即说："他呀，他到一户人家看一个老人去了。"

我父亲说："什么时候回来？"

赤脚医生的母亲说："我也不知道。据他说那个老人也就是一天两天的人了，连他自己也不愿意打针吃药，说那是糟蹋钱，但他的儿子女儿们都很孝顺，希望他多活几天，好让他们多孝顺几天老人。”

我父亲说：“他们这是瞎胡闹！该走的时候不让走，他们给阎王爷走后门了吗？时候到了就得走，谁也留不住！阎王爷也留不住！”

赤脚医生的母亲说：“是是，说的是，该走的时候就得走，人家阎王爷说了算。”

赤脚医生母亲的腿不太好使唤，还一瘸一拐地走来走去，让人看着很难受。

我父亲看着她说：“你这腿这个样子了，你当赤脚医生的儿子也不给你治治？”

赤脚医生的母亲说：“当然治啊，他让我吃了很多药，有些是汉药，有些是藏药，比起藏药那些汉药可太难吃了，太难吃了，吃了那些汉药，好几天连饭也不想吃！”

我父亲说：“人家汉人的医术也很发达，听说有些藏药治不好的病吃汉药就治好了，很管用。”

赤脚医生的母亲说：“反正我是不吃了，有时候痛得实在没办法了就吃点藏药，毕竟还是咱们自己的藏药好啊！有时候吃藏药也有没用的时候，那种时候我就在心里请求阎王爷快点把我收走。”

我父亲和赤脚医生的母亲正聊着时，赤脚医生回来了，背着他那个药箱子。

赤脚医生看见我父亲显得有点意外，立在门口不动了。

我父亲看着赤脚医生说："你回来了？"

赤脚医生点了点头。

我父亲说："回来了就好。"

赤脚医生没有点头，用疑惑不解的眼神看着我父亲的脸。

我父亲说："你知道我为什么找你吗？"

赤脚医生说："不知道！要去看病人吗？"

我父亲说："不是。你闯了祸了！"

赤脚医生说："我闯了什么祸了？"

我父亲说："你自己闯的祸你自己还不知道吗？"

赤脚医生说："不知道，你说吧，我闯了什么祸？"

我父亲说："你把我女儿给害惨了！"

赤脚医生有点惊讶，看着我父亲说："你这话是什么意思？"

我父亲说："你要是个好的赤脚医生，我女儿的孩子就不会死了，要是我女儿的孩子没有死，她就不会哭着喊着闹着不吃饭了。”

赤脚医生这时反而镇定了，说：“这是常有的事，这不能怪我。”

我父亲还是说：“你要是个好的赤脚医生就不会这样了。”

赤脚医生说：“当时把你女儿的命保住就不错了，小孩以后还可以再生嘛。”

这话似乎惹怒了我父亲，他也没说什么直接就扑了上去。等我反应过来时，他们就扭在一起了。之后，我父亲把赤脚医生摁在地上打了起来。我看见赤脚医生没有还手。赤脚医生的母亲围在他俩周围咿咿呀呀地唠叨着什么。

几个月之后，赤脚医生就成了我姐夫。

说来也奇怪，大家都不知道他俩是怎么好上的。我也不知道他俩是怎么好上的。那时候，对大人的很多事我实在搞不清楚。

有一件事我记得很清楚。那是一个晚上，我们家正吃晚饭时，赤脚医生带着青稞酒啊哈达啊什么的一些礼物来了。当时，我们都不知道他是来干什么的。我父亲莫名其妙地看着他，我也有点莫名其妙。因为那次我父亲打了他之后，他好像还去乡上告状了，乡上的一个副乡长还专门来我们家批评我父亲了。我父亲也承认了自己当时有点冲动。副乡长说你作为一村之长以后不能再这样了。

我父亲再次莫名其妙地看着他，说："你是来向我赔礼道歉的吗？"

赤脚医生只是一个劲地笑。

我父亲又说："那件事就过去了，我们都不追究了，你回去吧。"

赤脚医生还是笑。我姐姐就走过去取下赤脚医生手里的东西，让他坐下，还对他笑了笑。

我父亲显得更加莫名其妙，看着赤脚医生说："你到底干什么来了？"

赤脚医生看了看我姐姐，笑了笑，又看着我父亲说："我是来提亲的。"

我父亲看了一眼我姐姐，又看了一眼赤脚医生，接着又看了一眼我母亲。我父亲干脆就没有看我，这让我有点生气。

赤脚医生继续对我父亲说："我想娶你的女儿。"

我父亲似乎一下子恍然大悟过来了，笑了，

说："噢，原来是这样啊！"

赤脚医生说："我希望你能答应我。"

接着，我父亲又像是变了一个人似的，一下子严肃起来了，说："你这像什么话啊！婚姻大事，婚姻大事，这么重要的事，你应该请个媒人正大光明地来提亲啊！你这样自己拿着条哈达来给自己提亲，这像什么话啊？太不像话了！我们黑头藏人从来就没有这样的规矩！"

赤脚医生也严肃地说："我不想把钱花在那些媒人身上，我想把钱省下来跟你女儿过日子。"

我父亲顿了顿说："哼，还有这样算计的人！"

赤脚医生说："以后过日子就得这样算计着过。"

我父亲看了看赤脚医生，又看了看我姐姐。

这时，我姐姐也说："阿爸，我想好了，我要跟他过。"

我父亲说："你跟一个这样算计着过日子的人过不好！"

之后，我父亲就不再看他了。

赤脚医生好像最后才发现了我，看着我说："那我明天请个媒人来。"

我有点幸灾乐祸的感觉，因为他刚进来时根本就没有看我，没有把我放在眼里。这让我很生气！

我对他说："你跟我阿爸说吧，我做不了主！"

赤脚医生就对着我父亲把刚才对我说的话又说了一遍。

我父亲还是没有理他。

赤脚医生出去了。等他出去之后，我父亲对着门口大声喊："喂，你把你那些东西拿走！"

这时我才发现他把哈达啊青稞酒啊什么的东西全留下了。

赤脚医生好像没有听见我父亲的话，没有回来。

我父亲让我把那些东西拿出去给了他。

后来，赤脚医生还是娶到了我姐姐。

赤脚医生是作为倒插门女婿入赘到我们家的。

那天，赤脚医生请的媒人到我们家之后，我父亲就对他说："谈正事之前我有个要求，这个问题不解决，我们就不要往下谈了。"

媒人说："什么要求？"

我父亲说："我只有这么一个女儿，我这个小儿子将来要去城里上学，我不能把女儿嫁到他们家，你先说说他愿不愿意到我们家里当女婿？”

媒人说：“这个我可定不了，我又不是他的阿爸，这个可怜孩子的阿爸早就死了，我得回去问问他的阿妈。”

媒人的年龄和我父亲差不多。他们接着聊到了赤脚医生的父亲。他们说赤脚医生的父亲是个兽医，有时候也给人看看病啊什么的。后来他把手艺传给了这个小儿子，自己在早些年病死了。

媒人第二天一早就来我们家了，他说赤脚医生愿意做倒插门女婿。

我父亲好像有点不相信，望着媒人的脸。

媒人笑了笑说：“昨天回去的路上碰到了那孩子，那孩子说自己能做自己的主，说不用去问他母亲了，说他们家兄弟三个，他阿妈还在发愁怎么把一个儿子打发出去给别人家当女婿呢！”

赤脚医生到了我们家之后，我和他也成了好朋友。他经常半开玩笑地对我说：“我和你姐姐给你生个小弟弟怎么样？这样你就有玩伴了。”

那时候我也明白了一些事情，就说：“我姐姐生的孩子怎么是我弟弟呢？我应该是孩子的舅舅才对！”

赤脚医生也像是忽然明白过来了似的说：“是

是，应该是你外甥才对，不是你弟弟。”

后来，他们俩也没有给我生出个小外甥来。有一次，我姐夫带我姐姐去县上检查了一次，医生说那次难产让我姐姐没有了生育能力。那次回来我姐夫显得比我姐姐还难过，说当时要是他的医术好一点，我姐姐也许就不会失去那个孩子了。

我姐夫的话也让我有点难过，觉得一个好的赤脚医生很重要，我心里有了个朦胧的愿望就是长大后一定要当个好的赤脚医生。那时候，我还是没明白赤脚医生到底是个什么意思。有一次，我还一本正经地问我姐夫赤脚医生到底是什么意思，我姐夫说其实他也不知道是什么意思，大家这么叫着叫着自己也就适应了。

后来，之前跟我姐姐好过的那个英俊男人又回来了。他是一个人回来的，他说跟他跑了的那个浪荡女人后来又跟着别人跑了。我觉得有时候大人们做的事情就像做游戏似的，让人怎么也搞不明白。大家都说那个男人好像一下子明白了很多做人的道理。他去找了那个女人的男人，求得了他的谅解。有一段时间他们还经常一起喝酒，互相诉说着心里的苦闷，探讨着人生的一些问题。

这时候那男人显然已经苍老了许多，他的眉毛眼睛鼻子嘴巴不再那么好看了，整天醉醺醺的，村里的女人们都有点讨厌他，看不起他。

有天晚上，那个男人喝醉酒之后来找我姐姐，哭着喊着要她原谅他。那天晚上，我的赤脚医生姐夫也在。我姐姐根本就没有理那个男人。我觉得我姐姐做得很对。最后，那个男人把矛头转向我姐夫，说你杀死了我儿子，还霸占了我女人。我姐夫没说什么，反而显出有点愧疚的样子。

我姐姐气得直喘气，狠狠瞪了一眼我姐夫，说："你就不能像个堂堂正正的男人吗？你就不能好好教训教训这个不要脸的男人吗？"

我姐夫看看那个男人又看看我姐姐，显得不知所措。

那个男人对我姐姐说："我知道你是在说我，说我当时不像个堂堂正正的男人，我知道这个！我知道我对你做了一辈子也无法原谅的事情，你想怎么惩罚就怎么惩罚我吧！反正我这辈子就这样了！"

那个男人走后，我姐姐在哭，我姐夫过来安慰我姐姐。我姐姐哭着对我姐夫说："你就不能替我好好教训教训那个男人吗？那个男人那时候对我多狠心啊！”

我姐夫也哭了起来，哭得越来越不像话了，完全不像个男人。

看到我姐夫哭成那个样子，我姐姐反而不哭了，反而劝起了我姐夫。

听到我姐姐在劝他，我姐夫说：“说实话，我感激那个男人还来不及呢，要不是那时他抛弃了你离开了你，我怎么可能娶到你这么一个又好看又善良的女人呢！”

之后，我姐姐就什么也不说了。

第二天，那个男人就消失了，再也没有出现过。好多天之后，我姐夫有点愧疚地对我姐姐说：“也许你们俩在一起才合适，我真的有点配不上你。”

我姐姐想也不想地说：“他有什么好的？连你的一半也不到！”

我姐夫显得更加的诚惶诚恐了，不知道说什么好。

后来，我就离开村庄去县城上了中学。我姐夫还是当着他的赤脚医生，整天背着他那个药箱子，跑来跑去的，忙得不亦乐乎。

有时候他俩也来看我，每次我都觉得他俩老了很多。他来会给我一些零花钱，还说很多该注意这该注意那的话，好像我是他俩的孩子似的。我毕业那天，他俩也来了，我们一起在学校门口的一家小饭馆吃了一顿饭，他俩都看着我吃饭。

吃饭时，我姐姐对我说："将来你有孩子了，我们就帮你带吧，我们会把你的孩子当成我们的孩子的。"

我当时觉得那是一件遥远的事情，离我很远很远。

后来，我上了大学，学了医。有时候回家，我父亲问我你将来毕业了想去什么大医院啊，我总是笑着对我父亲说我就想回来当个赤脚医生。我父亲也笑着说要早知道你就这么点理想，我当时就不让你上学了，你跟着你姐夫学学就够了。

有一次，有个教我们病理的教授问我："你学习成绩这么好，毕业后想进什么样的医院啊？"

我说："我还没想好。"

教授说："早点想想吧，到时我可以介绍你进一些好医院、好科室。"

我笑笑说："其实，我想回我老家当个赤脚医生。"

教授“哈哈”地笑起来，说：“你这么好的学习成绩，怎么能去乡下当个赤脚医生呢，你应该留在大城市，很多人都需要你。”

我对教授说：“我们那里也有很多人需要我啊。我觉得当个称职的赤脚医生也挺好。”

教授又笑了起来，笑过之后突然问我：“你说说这赤脚医生到底是个什么意思啊？这个名字是怎么来的？”

我被问住了，之后又笑了起来，说：“原来您也不知道赤脚医生是什么意思啊？”

教授好像有点不高兴了，说：“我一个堂堂大学教授，怎么知道这些个奇奇怪怪的名字是什么意思啊！”

我就没再说什么。

过了一会儿，教授又说：“这名字也太奇怪了，你们藏语里面有没有相应的词汇？”

我说：“藏语里也是这个意思，也是不穿鞋子、光着脚的医生的意思，字面上跟汉语一模一样的，是汉语的直译。”

教授又不说话了，使劲想着什么，过了一会儿突然说：“是不是因为那些医生在乡下条件十分艰苦，去给病人看病时连鞋子也舍不得穿啊？”

我笑起来，说：“不是不是，小时候我也是这样以为的，但是不是那样的，他们穿鞋子的，我姐夫就是一个赤脚医生。”

教授说：“那我就不知道这个赤脚医生是什么意思了，反正我觉得就是一个很莫名其妙的名字。”

撞死了一只羊

大清早，我还没从梦中完全醒来，就被一位老雇主给叫醒了。

我记得我做了一个好梦，但是被他叫醒后，就不记得具体做了什么好梦了，只记得那是一个好梦。我有点扫兴，我在被窝里一动也不动。

这位老雇主叫普布次仁，他有狐臭，他也有很多钱。

这个清早，我实在不想起来。我从被窝里看了一眼普布次仁，没有说话。

太阳从窗户的缝隙里照进来了，屋里暖和起来。阳光让普布次仁的狐臭在空气中散发开来。他的狐臭的味道本来就很厉害，这会儿，从他身上散发出来的狐臭的味道让我睡意全无了。

普布次仁似乎没有意识到这些，他只是对我说："拉一趟货吧。"

我走过去打开窗户，看着窗户外面说："我今天休息。"

普布次仁这时好像也意识到了什么，走过去把另一扇窗户也打开了。他也对着窗户外面说："拉到老地方，上午出发，下午就到了。"

我说："今天我休息。"

普布次仁笑了，说："今天的货急，必须今天去。"

我也笑了，说："我今天真的要休息。"

普布次仁就说："给你加钱。"

我犹豫了一下，说："加多少？"

普布次仁不假思索地说："五百。"

我就没再犹豫什么，穿上衣服跟他出来了。

装完货，普布次仁说："你的大卡车看上去就像一头壮实的牦牛！"

我说："很多人也这么说。"

普布次仁说："他们说的没错，确实很像。"

我没再说什么，钻进了驾驶室，然后我开着我的大卡车上路了。我从倒车镜里看到普布次仁站在原地不动。

这会儿，我开着我的大卡车已经在荒野上了。荒野上看不到半个人影，让人心烦。后面扬起的尘土，几乎把大卡车给淹没了。

已经是午后了，太阳很毒辣。我有点困，打了几个哈欠。路笔直地伸向远方，我忍不住闭上眼睛打了个盹。在荒野上行车，这是常有的事。但这也是在荒野上经常发生车祸的原因。因此，跑长途的司机们都喜欢带个小徒弟什么的。我也带过一个小徒弟。那已经是很多年前的事了。那个小伙子不错，很快就学会了开车。每当我开车开困了，他就替我开。

突然间我醒了，睁开眼睛，我的双手还在方向盘上，大卡车还在笔直的路上行驶着。我有点后怕，要是那个小伙子在就好了。可是，这样想也没有什么意义。那个小伙子长得英俊，我很喜欢。就是因为他长得英俊，我女儿也喜欢上他了，跟他跑了，再也没有回来，连个音讯也没有。我的老婆死得早，是我把女儿拉扯大的。可是最后，她还是跟着别人跑了。

这些事让我脑子里乱糟糟的，我使劲把脑门撞向方向盘，又使劲摇晃了一下脑袋。这一下，脑子里似乎清醒了许多。

为了继续保持这种清醒，我左手握住方向盘，右手伸向副驾驶的位子摸烟。我的手摸到了烟盒，我把手伸进了烟盒里。我的手指感觉到里面只有一根烟。我把那根烟掏出来，叼在了嘴上。

我看了一眼副驾驶的位子，发现打火机就在那个空烟盒的旁边。我转回头，把手伸向那里摸打火机。我先摸到了空烟盒，就使劲捏了一把，把空烟盒捏成了一团。我又快速地看了一眼，看准了打火机的位置。我很快就摸到打火机了。

我把打火机拿到方向盘的位子，打了几次才打着，将叼在嘴上的烟点燃了。

我吐出一口烟圈，烟雾慢腾腾地在我面前散开，随后消失了。之后，我又大口地吸了几口，将烟吸进了肺子里。立时，浑身上下有一种很爽快的感觉。

那根烟在我的手指间快燃尽了，手指间沾着一些黏糊糊的东西，像是汽车的机油。快燃尽的烟头把我的手指给烫了一下。我把烟屁股在手指间往前推了推，又拿到嘴边狠狠地吸了一口。剩下的烟被我一下子吸完了。

我看了一眼，有点舍不得，最后又使劲吸了一口。这次，我吸到的不是烟的味道，而是过滤嘴的焦味。

之后，我将剩下的烟头从车窗里扔了出去。

我发现打火机还捏在我的手里。我把打火机放到了前面的仪表盘上。

仪表盘的上方挂着一张照片，上面是一位活佛，一副慈祥的表情。那张照片晃来晃去的。照片上的活佛也晃来晃去的。这位活佛是我的根本上师，他一直端坐在我的心头，纹丝不动。我开车这么多年，没出什么事故，就是因为我的上师一直端坐在我的心头。

我的眼睛盯着照片看，我的心踏实了很多。随后，我的脸上露出了笑。

午后的天气似乎更热了。前面马路上的热浪像一道摇摆不定的风景。我的额头渗出了细密的汗粒。我把手伸向座位的底下，摸索，发出窸窸窣窣的声音。

最后，我摸出一个塑料瓶子。里面只剩下一点点水。

我用牙齿咬开瓶盖，把瓶子里仅有的一点水往自己的嘴里倒。那点水很快就滑进我的喉咙里了。我听到喉咙里似乎发出一阵“呲呲”的声音，像是被火烫着了。

塑料瓶里的水很快就没了。我狠狠地把塑料瓶子扔到了窗外。我从倒车镜里看到塑料瓶在荒野上飘向了远处，像是要急于摆脱掉跟我的干系。

突然，卡车剧烈地颤动了一下。我赶紧转过头来。我一边减速一边从倒车镜里往后看。我从倒车镜里看到后面的马路上有个东西在翻滚着。

我一个急刹车停下了车。

我又从倒车镜往后看。那个东西在马路中央停住了。

我继续从倒车镜里看那东西。那个东西一动也不动。

我打开车门走下车。我向那个东西走去。

待走近时，我看见那是一只羊。那只羊已经被我的卡车撞死了，一动也不动。

我在羊旁边蹲下身来。羊的眼睛半睁着，血从羊的嘴角流了出来。

我马上想到了我的根本上师。我闭上眼睛念了几句六字真言。

之后，我睁开眼睛看远处，远处什么也没有。

我又看了一眼羊的尸体。羊的嘴角的血流得更多了，半张着的眼睛已经失去了光泽。

我站起来，走到路边四处看，四处什么也没有，空荡荡的。只有一阵一阵的热浪起伏不定。

我从口袋里拿出一卷报纸，撕下一小张长方形的，拿在手里。我又从口袋里摸出一包烟丝。我把烟丝放在撕好的报纸上，开始仔细地卷。我用舌头舔了舔接口，将烟卷好了。每当没有了纸烟，我就自己卷烟抽。

我将卷烟叼到嘴边，准备拿出打火机点。

我在口袋里找，没有找到，就想起什么似的向大卡车的方向走去。

我打开驾驶室的门，从仪表盘上取出打火机，打着，点上烟。这时，我看见了挂在方向盘上方的照片上的我的上师。他一动也不动地斜眼看着我，眼神里似乎有责备我的意思。我有点不知所措，赶紧关上了车门。

我转身靠在车门上抽烟。抽了几口之后，不由自主地往死羊的方向看。死羊在那里一动也不动。我不由自主地念了一句六字真言。然后，我又转回头来继续抽烟。这烟草没有丝毫的劲道，抽着就像抽羊粪蛋卷的那种娃娃们抽的烟一样。

我一边抽烟一边看前面的荒野。荒野上什么也没有。我抽完烟，将烟蒂扔到地上，使劲在上面踩了踩。

然后，我转身向死羊的方向走去。我到了死羊的旁边，死羊还是一动也不动。我站着往下看死羊。死羊嘴角流出的血更多了，在马路上凝聚成一大块紫黑色的图案。这图案有点古怪，我似乎在哪里见过，却又记不起来。我蹲下来把死羊抱在了怀里，站起来看远处。

远处什么也没有。我抱着死羊往卡车的方向走。

我走到卡车旁边，打开卡车后座的门，把死羊放在了后面的座位上。

我重重地关上后座的门，打开了前面的门。我跳上了驾驶员的位置。

我发动汽车。几次发动，只是发出“突突”的声音，没有发着。后来终于发着了。但是声音很古怪，一直“突突”“突突”地响个不停。

待我坐稳之后，我又看见照片上的上师在盯着我。他的目光严肃，让我有点心虚。我赶紧低下头双手合十说："您也看见了，那只羊是我撞死的，但我不是故意的。"

我抬头看时，照片上的上师还是那副表情。

我在心里抱怨了一声："您也不提醒提醒我，撞死一只羊，让我积下罪孽。"

照片上的上师的表情似乎更严肃了。我有点不知所措了。我回头看一眼后座上的死羊。死羊很安详地躺着，一动也不动。

我回头看上师，上师的表情似乎变了，不再那么严厉了。这下我有点放松了，挂上挡，让车动了起来。

我想此刻我脸上的表情一定很古怪。我紧闭嘴巴，只顾开车。我从后视镜里看到我的两只眼睛，我的眼神有点失落。

前方的荒原上的热浪在大片大片地涌动。我的额头上渗出的汗珠更多了。汗水渗进了我的眼睛里。这让我很难受，我使劲眨了几下眼睛，前方的风景在我的视线中模糊起来。

我猛地发现前面的路上有个小黑影在蠕动着。

我有点兴奋。我慢慢把车速给减下来。我盯着前面看。我辨不清那是个什么东西。热浪让那个东西的轮廓也变模糊了。

我又狠踩油门向那个黑影飞驶过去。随着距离的缩短，那黑影也开始变得清晰起来。我终于看清那是头形单影只的驴子。我有点失望。我从车窗里看那驴子，驴子的眼神很冷漠。它似乎都懒得看我一眼。

我使劲摁了几下喇叭，发出了刺耳的声响。但是驴子似乎什么也没听到，旁若无人地沿着马路继续走它的路。

我对这头驴子很失望。我回头看了眼后面座位上的死羊，死羊还是那个样子。我转回头来，加大油门向前驶去。我不想搭理这头古怪的驴子。

我对着照片上晃来晃去的上师说："这年头，人都变得很古怪，没想到驴子也变成这样了。"

我看见上师似乎笑了。我想他也同意我的看法了。

我有点高兴。我从倒车镜里看被我甩在后面的那头倔强的驴子。那头驴子不见了。我的心里平静了一些。

过了一会儿，我忽然想，也许我刚才根本就没有看见什么驴子，那只不过是我的一个幻想罢了。我不再去想它了，管它呢，世界上奇奇怪怪的事儿太多了。我把目光投向窗外。透过车窗可以看到更远处，更远处茫茫一片，看不清是什么，也许是沙子。

太阳快落山时，我终于把货送到了该送到的地方。那是一个很大的院子。院子里有一条大狗。我摁了几下喇叭，大狗就叫了起来，随后几个小伙子出来卸货了。一个之前跟我说过几句话的小伙子对我说："你怎么了，看着有点怪怪的？"

我笑了一下，说："没什么，就是有点累了。"

他没再说什么。我问他要了一根烟，点着抽起来。

小伙子们一边卸货一边嘻嘻哈哈地说着什么。过了一会儿，一车的货物都堆在了旁边。

小伙子们开始把货物往旁边的那个库房里搬。

那个我问他要烟的小伙子笑嘻嘻地说："你的卓玛在打听你什么时候来呢。"

我笑了笑，说："是吗？那我得去看看她了。"

小伙子们就不怀好意地笑。我又问他要了一根烟，他还帮我点上了。

我开动了车，但是我没打算去卓玛家。我把车开出了刚才的院子。小伙子们以为我要去卓玛家，还在后面嘻嘻哈哈地笑呢。

卓玛是我的相好。自从我女儿跟我那徒弟跑了之后，我就跟她好上了。

我开车经过尘土飞扬的小镇的街道。街道上骑摩托车的牧民们呼啸而过，看着很危险。我把喇叭摁了无数次，终于驶出了小镇的街道。

我在屠宰场一卖肉的摊位前放慢了速度，停下来。

一屠夫正将一扇刚刚剥了皮的羊倒挂起来，忙乎着。这屠夫见我将车停下来就问："买肉吗？你看看，多好的肉，好肉啊！"

我看看那倒挂着的羊肉，又看看那张令人生畏的屠夫的脸。屠夫见我不说话，就把手里的刀夹在了嘴里，自顾自地忙乎起来。

我回头看看后座上的死羊。死羊躺在座位上，从嘴角流出了更多的血。我有点看不下去，又将头转回来。

我看着屠夫摊位上倒挂着的羊肉，问："整羊多少钱？”

屠夫以为我要买他的肉，就赶紧将夹在嘴里的刀取下来，脸上带着笑说：“你要整只？可以便宜。”

我问：“多少？”

屠夫说：“我称称看。”

屠夫就拿起旁边的秤杆，将那扇羊肉挂起来称。

之后，又拿起一支油腻不堪的笔在一张同样油腻不堪的纸上划来划去。

划了一会儿之后，屠夫说：“六百六十四。”

说完看我的脸。

我看着他手上油腻不堪的笔和纸，没说话。

屠夫看了看自己手上的东西，说：“你如果不相信可以自己算算，给。”

说完将油腻不堪的笔和纸递给我。

我忍不住笑了，说：“我不是这个意思，不是这个意思。”

屠夫把手里的笔和纸扔到一边，想了想说：“那这样吧，你要买整羊，就便宜点，凑个整数，六百块。”

我看着屠夫说：“买只这样大小的活羊多

少钱？”

屠夫说：“也就五百块吧，你以为我能赚很多呢，其实我也赚不了多少，我就靠这个养个家，糊个口，不容易。”

我继续笑着说：“我回来时再买吧，我先去寺院办点事。”

屠夫有点不高兴的样子，说：“我还以为你要买呢！”

说完又把刀夹在嘴里忙乎起来，不看我。

我有点不好意思，将车开走了。

很快就到寺院了。我特意开车沿着寺院的外围绕了一圈之后，把车停在了离寺院大门不远的地方。我看见一个乞丐跑过来了。

我下车，问乞丐：“寺院里有僧人吗？”

乞丐笑了笑，什么也没说。

我看了看寺院的大门，又问：“我问你呢，寺院里到底有没有僧人？”

乞丐收住笑，说：“当然有，寺院里除了僧人还会有谁？”

我也笑了，说：“也是，你个乞丐，说的还有点道理。”

乞丐说："那就给我施舍点钱吧，我去买点东西吃，我快饿死了。"

我看看他，他确实一副很饿的样子，就从兜里摸出五块钱给了他。

乞丐连声谢也没有，就拿着钱跑向了一边的小卖部。

我打开后门，把死羊抱了出来。我抱着死羊往寺院大门的方向走，血从死羊的嘴里一滴一滴地滴到地上。

乞丐从小卖部里出来了，手里拿着一些零食。

乞丐一边吃着零食，一边说："你没关车门。"

我回头看看，车门确实开着，就说："你帮我关上吧。"

乞丐过去把车门给关上了。

我抱着死羊继续往寺院大门方向走，乞丐跟着我跑过来，看见我抱着的死羊，好奇地问："这是什么？"

我说："这是一只死羊，它被我撞死了。"

乞丐看着我的脸，说："你怎么这么不小心啊？"

我没理他，抱着死羊继续往前走。走到寺院大门口，正要进入寺院大门时，一位老僧人迎面走了出来。

老僧人看着我抱着的死羊，问：“这是什么？”

我说：“这是一只死羊。”

老僧人念了一遍六字真言，然后说：“你怎么把一只死羊抱到寺院里？”

我解释说：“我是个卡车司机，今天我在路上撞死了这只羊。”

老僧人又念了一遍六字真言：“嗡嘛呢叭咪吽。”

我说：“这只羊不知怎么就钻到我的车轱辘底下了。”

老僧人用奇怪的眼神看着我，我猜不出那眼神里是什么意思。

乞丐也停下吃零食，好奇地看我。

我有点尴尬，说：“我想请个寺院的僧人超度一下这只死羊。”

老僧人惊讶地看着我的脸，说：“什么？超度一只死羊？”

我说：“这只羊肯定也是造了什么孽，才落到这个下场的。”

之后，我又补充似的说：“我没有丝毫推脱责任的意思，这只羊确实是我撞死的。我发现它时，它就已经死了。”

乞丐也惊讶地看着我的脸。

我抱着死羊准备踏入寺院的大门。

老僧人上前拦住了我，说：“你不能把死羊带进寺院里！”

我看着老僧人的脸，问：“那怎么办？”

老僧人说：“你可以带回去。”

我说：“我是真心想请个僧人超度它的。”

老僧人看我，脸上没有了惊讶的表情。

我看看死羊，说：“你看看它的样子，多可怜啊！”

老僧人也看着我抱着的死羊，显出怜悯的神色。

我就说：“师傅，您就让我进去吧。”

老僧人说：“你真的不能把死羊带进寺院里。”

我说：“那怎么办？您给我出个主意吧。”

老僧人想了想说：“这样吧，你把它放到地上，我念经超度它吧。”

我也想了想说：“好，那您赶紧念经超度一下它吧。”

老僧人让我把死羊放在寺院大门的左边，自己盘腿坐在了死羊的旁边。

老僧人从手腕上取下一串黑得发亮的念珠，在死羊尸体上转了转，然后闭目颂起了超度的经文。

我和乞丐在一边听。听了一会儿，乞丐看着闭目诵经的老僧人对我说："不是人死了才念这个经的吗？"

我不想理他，但我又忍不住瞪了他一眼。

老僧人在继续闭目诵经。我和乞丐一会儿看看死羊，一会儿又看看念超度经的老僧人。

老僧人终于念完了超度经。他睁开眼睛，念了一句六字真言之后，看着死羊说："好了，它已经被超度了，它应该能找到自己的路了。"

我从怀里掏出五百块递给老僧人，说："这里有五百块，您收下吧。"

老僧人推辞说："五百太多了。"

我说："这是应该的，您超度了它，这是应该的。"

老僧人说："真的多了，我拿一百就够了。"

我说："我刚刚问过一个屠夫，他说现在一只活羊的价钱就是五百块。"

老僧人用异样的眼神看我。

我赶紧说："我没别的意思，我就是想好好超度它，我不想欠这只羊什么。"

老僧人继续用异样的眼神看了我一会儿，取出一张一百的，把剩下的塞回了我手里。

我有点慌了，赶紧说："您就收下吧，我真的没有别的意思。"

老僧人准备要走，我赶紧拉住他说："要不就这样吧，这剩下的钱您就拿去为这只死羊在佛前点酥油灯吧。"

老僧人想了想，从我手里接过钱，装进僧袍底下的口袋里，说："好，你可以回去了。"

我舒了一口气，说："那这只死羊怎么办？"

老僧人说："这个我不知道。"

我说："您就给我出个主意吧。"

老僧人说："那你带回去自己吃了吧，反正你已经超度它了。"

我赶紧说："我不吃。我撞死了它，我不会再吃它的肉的。"

老僧人说："那就拿到天葬台，喂秃鹫吧。"

我说："这样可以吗？"

老僧人："这有什么不可以，这样更有功德！我看这两天那些秃鹫也没吃到什么东西了。"

我说："那好吧。"

这时，乞丐对我说："你也别费什么劲了，这死羊就送给我吧，够吃我一个月了。这样你也有功德。"

我看看乞丐，又看看老僧人。

老僧人说："这样也好，就给他吧。"

我想了想说："我觉得还是喂给秃鹫好。我不想给人吃。"

乞丐说："你不就是要好好超度它吗？你给我和给秃鹫有什么区别？"

我说："你是一个人吃，秃鹫是很多秃鹫吃，一样吗？"

老僧人也说："说得也有道理，那就给秃鹫吃了吧。"

乞丐一脸生气的样子，看着我和老僧人。

我看着乞丐的脸说："这样吧，我给你一百块，你自己买肉去吃。"

说着就从兜里掏出一百块给了乞丐。

乞丐很高兴，说："你真是个善良的人。"

老僧人也笑了。

我对乞丐说："你帮我抬这只死羊去天葬台吧。"

乞丐说："好，好好！"

我和乞丐各自抓住死羊的前腿和后腿走向天葬台的方向。

我们回头看时，老僧人早走了，不见了。

到天葬台了，我看见几只秃鹫蹲踞在对面的山包上，像是在等待着我们的到来。

我和乞丐将死羊扔到天葬台上，后退几步等着秃鹫们下来。没过多久秃鹫们就摇摇晃晃地下来了，围在了死羊的周围，开始吃。

乞丐说："这只羊真是好福气。"

我不说话，只是定定地看着。

乞丐说："将来我死了，我也要把自己的尸体施舍给秃鹫们。"

不知为何，这会儿我有点伤感。我没有理他。

死羊的尸体正在被秃鹫们撕烂，分解。秃鹫们在死羊的尸体上跳来跳去，像是在享受着一顿盛宴。

我和乞丐站在一边，脸上若有所思，嘴里念起六字真言。

死羊很快就在我们的面前消失了。秃鹫们意犹未尽地回去了。

我和乞丐也回到了寺院门口。几个小喇嘛在围着我的卡车玩。看见我过来，他们就跑了。我上车发动车，然后和乞丐告别。乞丐站着不动，有点依依不舍的样子。

我开车到了那个卖肉的摊位上。那个屠夫还是把刀夹在嘴里忙乎着。

我把卡车停下来，对着屠夫说："我要买刚才那扇羊肉。"

屠夫不太想理我的样子，说："半扇已经被人买走了，只有半扇了。"

然后指了指那挂着的半扇羊肉。

我想了想，说："那就买这半扇吧。"

屠夫还是有点不相信的样子，问："你真要买？"

我说："真买，我不是跟你说过我要买吗？"

屠夫一下子"嘿嘿"地笑了，再次看了看我的脸，说："好啊。"

说着把那半扇羊肉取下来，拿过来说："这肉放哪里？"

我指了指后座说："就放那里吧。"

屠夫打开后面的车门，将羊肉放在座位上，问：“你这座位上怎么还有血啊？”

我看了看后座，不理他。

屠夫上前闻了闻，说：“这是羊的血，错不了。”

我还是没有理他。

屠夫放好之后走到驾驶室一侧的窗户边上说：“三百三十二。”

我看着屠夫说：“你前面不是说可以便宜点吗？”

屠夫说：“你要买整羊就便宜，现在羊都被分成两半了，没法再便宜了。”

我只好说：“好好，就依你吧。”

说着我掏出钱数钱，付钱。屠夫很高兴，说：“你下次来可以便宜一点。”

我开着我的大卡车在小镇的街道上缓慢地行驶。开了一阵之后就拐进了一条窄窄的巷道。

我在巷道尽头的一间店铺模样的房子前停了下来。

这时，天快黑了。周围的路灯亮起来了。

店铺的门关着。我熄灭引擎，跳下了车。

我把那半扇羊肉扛在肩上，走过去捏起拳头使劲地敲店铺的门。

店铺里面的灯亮了。店铺里面有我的女人，我的女人是个喜欢吃羊肉的女人。

我一边敲门一边想：“女人开门时看见我肩上的半扇羊肉一定会很高兴的。”

门还没开，我继续捏起拳头使劲地敲门。

我一边敲门一边又想：“要是买到那整只羊肉就好了，女人一定会更高兴的！